달빛 조향사 8

가프 현대 판타지 소설

초판 1쇄 찍은 날 § 2021년 9월 3일
초판 1쇄 펴낸 날 § 2021년 9월 10일

지은이 § 가프
펴낸이 § 서경석

총괄팀장 § 노종아
편집책임 § 박현성
디자인 § 스튜디오 이너스

펴낸곳 § 도서출판 청어람
등록번호 § 제387-1999-000006호
등록일자 § 1999. 5. 31
어람번호 § 제1-3155호

주소 § 경기도 부천시 부일로 483번길 40 서경B/D 3F (우) 14640
전화 § 032-656-4452 팩스 § 032-656-4453
http://www.chungeoram.com
E-mail § chungeorambook@daum.net

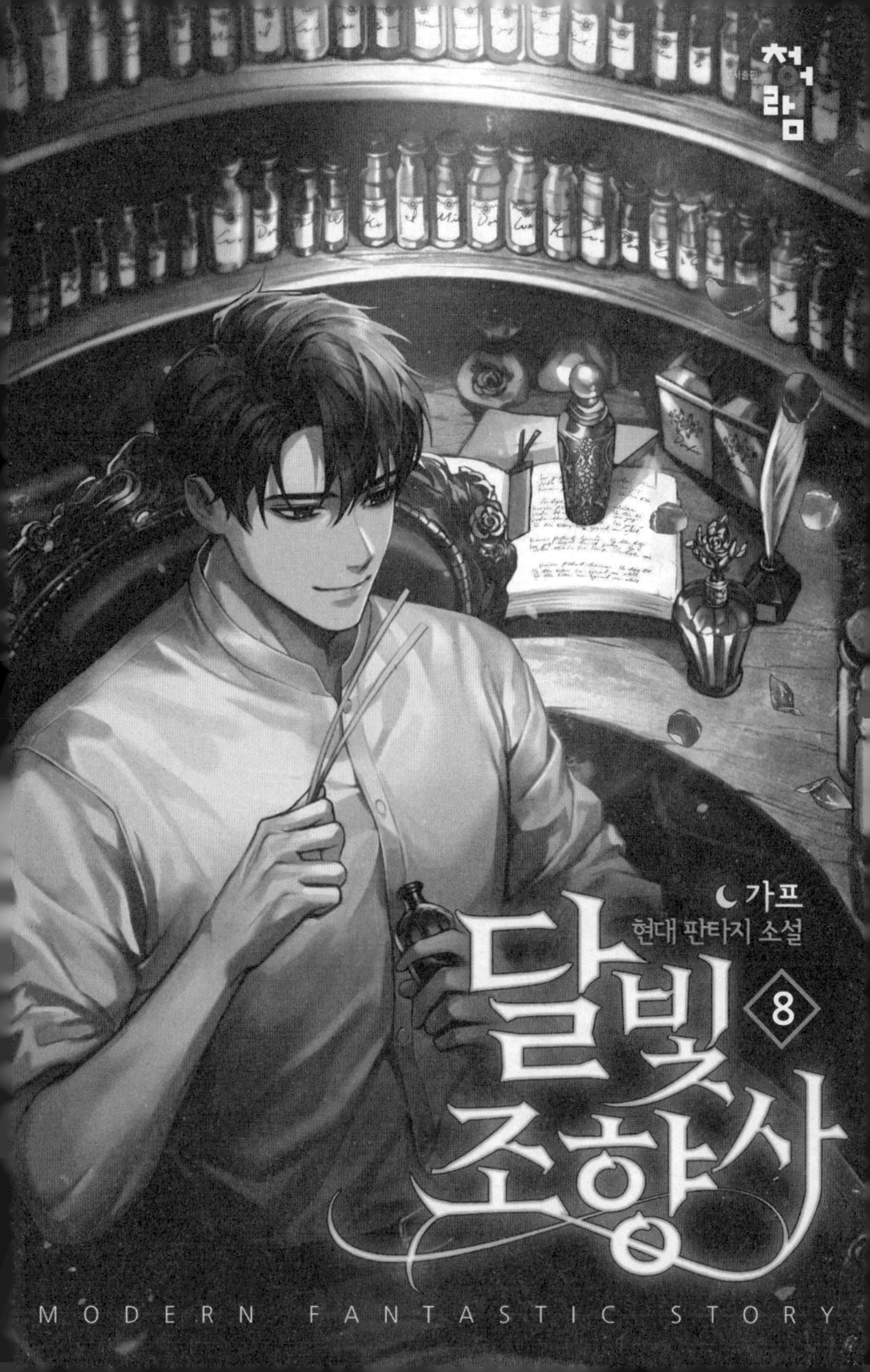
도서출판 청어람
가프
현대 판타지 소설
달빛 조향사
8
MODERN FANTASTIC STORY

달빛
조향사

목차

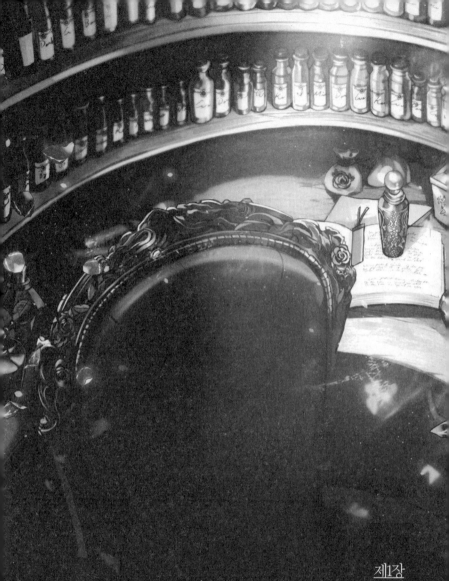

제1장

—

산에서 나는 레더

먹방으로 뜬 연예인 주시온의 시그니처를 일찍 끝내고 나
갈 준비를 했다.

주시온은 우영자의 소개로 왔다. 그녀는 인기를 얻었지만
병도 얻었다. 처음에는 몰랐다. 날씬한 사이즈라 먹어도 살이
안 찌는 스타일인 줄 알았다. 하지만 폭풍 흡입으로 생기는
잉여 지방의 축적을 당해 낼 수는 없었다.

복부비만에 당뇨 선고를 받으며 먹방에서 하차했다. 자신이
먹는 게 아니라 남이 먹는 프로그램을 맡으니 인기는 유지가
되었다.

문제는 식탐이었다.

먹방을 하는 동안 축적된 맛의 신호가 그녀를 괴롭혔다. 방송만 아니면 저 먹방의 순간에 뛰어들어 같이 흡입하고 싶었다. 그녀가 원하는 시그니처는 배꽃 주제의 향수. 그러다 나온 게 식욕도 좀 떨어뜨리는 향이 들어가면 좋겠다는 조크였다.

"조크가 아니라 가능합니다."

강토가 답하자 그녀 표정이 환해졌다.

"정말요?"

"그럼요. 아로마의 근본이 뭘까요? 바로 향 아닙니까?"

당장 샘플 향을 만들어 주었다. 페퍼민트 에센스였다. 블로터를 세 장 안겨 주고 기름진 요리 사진을 보여 주었다.

"어?"

주시온의 고개가 갸웃 기운다.

"조금 전 상가 앞에서 치킨 이미지 광고 봤을 때 침이 넘어갔거든요? 그런데 지금은 그렇지 않은데요?"

"페퍼민트 때문이에요. 그 향을 잘 다루면 단 것과 기름진 요리를 먹고 싶은 욕구를 제어하죠. 바닐라까지 더하면 더 좋고요. 블러드 오렌지를 섞으면 한밤의 허기까지 자제가 됩니다."

"와아, 그럼 저 이걸로 해 주세요."

주시온이 아이처럼 좋아했다.

이제 기와를 찾아갈 시간이 생겼다.

오르간을 정리하고 방개차에 오르자 상미가 꽃다발을 품고 조수석에 올랐다.

"……?"

강토가 의아해하자.

"준서 오빠한테 가는 거 아니야?"

안전벨트를 채우며 상미가 물었다.

'아차.'

강토 머릿속이 하얗게 변했다.

그러고 보니 오늘이 준서의 개업식이었다. 시간도 그쯤이다 보니 상미는 강토가 거기로 가는 줄 알았던 모양이다.

"꽃다발 완료. 출발하시죠, 대표님?"

상미가 앞을 가리켰다.

"오케이."

무지하게 찔리지만 시치미를 떼고 출발을 했다. 가면서 보니 준서의 문자가 들어와 있었다.

[매장 향수 세팅 완료, 벌써부터 사람들이 기웃거리고 난리… 바쁘면 안 와도 된다. 향수 고마워.]

이게 언제 들어왔을까? 까맣게 몰랐던 강토였다.

"형."

"오빠."

강토와 상미가 준서의 매장 앞에 내렸다. 준서는 알바 두 명과 함께 매장 앞 테이블에서 초콜릿 이벤트를 벌이고 있었다. 준서의 어머니 해수도 행사복을 입고 돕고 있었다.

"닥터 시그너처."

준서가 강토와 상미를 반겼다.

오래 방해(?)하지는 못했다. 준서의 초콜릿은 인기 대박이었다. 사람들이 몰리니 주인인 준서가 자리를 비울 수 없었다.

"형, 우주 초대박, 알았지?"

꽃다발에 더불어 마음을 전하고 돌아섰다.

상미를 하우스에 떨구고서야 원래의 목적지로 향한다.

기와를 구할 차례였다.

휴우.

준서 일은 다행이었다. 개업식을 잊어버렸다면 면목이 없었을 뻔했다.

편한 마음으로 페달을 밟았다.

향수의 향료.

이제는 전통적인 향료에 머무르지 않는다. 블러드와 염소 노트가 있는가 하면 벽돌과 알루미늄, 불과 석탄을 쓰기도 한다. 그러니까 기왓장 정도는 특별할 것도 없었다.

그래도 보통 사람들은 놀란다.

향일 스님도 그랬다.

"기왓장이라고요?"

대웅전에서 나온 스님이 재차 물었다.

"예."

"허엇, 기왓장으로도 향수를 만드는군요."

"옛말에 개똥도 약으로 쓴다 하지 않습니까? 기왓장만이 표현할 수 있는 향이 있습니다."

"게다가 이끼가 끼면 좋다?"

"예."

"따라오세요."

스님이 앞장을 섰다. 뒤를 따르면서 전각을 바라본다. 하나같이 기와들이다. 마음부터 놓이는 강토였다. 하지만 인생이 늘 다다익선인 것은 아니었다. 스님의 절에 기와는 많았지만……

"……"

강토 표정은 돌담 아래 방치된 기와처럼 차갑게 굳어버렸다. 기와 불사를 받는 장소에 기와가 널렸지만 최신 기와라 냄새가 달랐다. 강토가 원하던 재질이 아니었다.

"오래된 것이라?"

스님의 시선이 전각의 지붕으로 향한다. 옛날 기와들이다. 하지만 저 지붕을 뜯어내 냄새를 채취할 수는 없었다.

"잠깐만요."

스님이 핸드폰을 꺼낸다. 그러곤 다른 절의 스님에게 전화를 건다.

"안 받으시네?"

스님 고개가 갸웃 기운다.

"의정부 쪽 절인데 스님이 잠시 자리를 비운 모양입니다. 전에 갔을 때 헌 기와들 모아 둔 걸 본 적이 있거든요."

"수고를 끼쳐 죄송합니다."

"기왕 이렇게 된 거 식사나 하십시다. 내가 아직 점심을 못 먹었어요."

스님이 앞서 걷는다. 기와가 필요하니 뒤따라 걸었다.

"드세요. 이것도 꽃이라 닥터 시그니처가 좋아할지도 모르겠네요."

절 안 식당에서 스님이 식사를 권한다. 작은 테이블에 차려진 건 다섯 가지 나물 반찬이었다. 남쪽에서 매화와 산수유 화신이 올라오지만 아직은 겨울바람이 남은 서울. 그런데 햇꽃이 있었다.

쇠뜨기꽃이었다.

쇠뜨기꽃은 뱀밥으로 불린다. 이른 봄에 그닥 예쁘지 않은 꽃을 피운다. 많은 사람들은 그게 꽃인지도 모른다.

'풋풋함에 섞인 흙과 풀 냄새……'

향은 미미하지만 나쁘지 않았다.

"그래, 그 향도 느껴집니까?"

스님이 물었다.

"예, 상긋한 풋내 위에 흙과 건초 냄새가 납니다."

"그것도 향수의 재료가 될 수 있나요?"

"그럼요. 흙 노트도 있고 건초 노트도 있거든요."

"과연."

스님이 무릎을 친다. 자연에 대한 경탄이었다. 쇠뜨기꽃은 마른 잡풀을 비집고 피어난다. 그래서 께름칙하다고 하는 사람도 있지만 쓸모까지 없는 건 아니었다.

"그럼 이 나물은 어떨까요?"

스님이 다른 나물 접시를 밀었다.

'가죽나물……'

쪄서 말렸던 것으로 만든 가죽나물이었다.

순간 롤스로이스의 의뢰가 벼락처럼 스쳐 갔다.

'이거다.'

강토 머리에 불이 들어온다.

강토가 찾던 푸근하고 부드러운 가죽 노트.

그래서 온갖 가죽을 탐구하고 있던 차.

그 이상향이 여기 있었다.

가죽나물이라면 최고의 레더 향이 될 수 있었다. 싱그러운 풀 내음이 깃들어 상긋하니 우디 노트와도 최적의 조합이다. 그야말로 환상의 어코드를 이룰 수 있는 것이다.

신모델 차량의 시그니처가 될 향은 가까운 곳에 있었다.

그러고 보니 작년에 가죽나물 에센스를 만들었다. 방 여사 덕분에 맛본 가죽나물을 기억했고 가의도 인근에 그 나물이 있었기 때문이었다. 너무 골똘하다 보니 까마득히 잊고 있던 강토였다.

"그게 냄새 때문에 호불호가 강한 나물입니다."

"저는 좋아합니다. 하지만 말린 것이라 유니크한 향이 많이 죽었네요."

듬뿍 먹어 주었다. 고마운 건 먹어야 하는 것이다.

"입맛에 맞으면 제가 공급 부탁을 하죠. 의정부 너머 화란사 앞뒤로 가죽나무가 지천이거든요. 다 그 절 소유라 다른 사람은 따 가지도 않습니다."

스님이 웃을 때 핸드폰이 울렸다. 불경이 벨 소리였다.

"여보세요? 지승 스님?"

스님이 통화를 시작한다. 오래 걸리지 않았다.

"기와가 아직도 있다고 하네요."

"그럼 제가 가서 만나 봐도 될까요?"

"잠깐만요."

스님이 다시 통화를 이어 간다. 강토는 지금 당장 가겠다는 뜻을 전했다. 좋은 향을 구할 수 있다면 지구 끝까지라도 가야 하는 게 조향사였다.

"그런데……"

통화를 마친 스님이 머뭇거렸다.

"하실 말씀이 있으시군요?"

"우리 지승 스님이 좀 엄격해서요. 혹시 모르니 향수 이야기는 하지 않는 게 좋을 겁니다."

"향수를 싫어하시나요?"

"젊을 때부터 완고하고 보수적인 분입니다. 핸드폰도 20년 전 구식에다 립스틱 바른 여자들이 경내에 들어오면 호통을 치거든요."

"알겠습니다. 조심하죠."

조언을 귀에 담고 절을 나왔다.

화란사로 달렸다.

장 폴 겔랑을 생각했다.

그는 향을 찾아다니는 여행을 좋아했다.

사향을 찾아 네팔로 가고 재스민을 위해 인도로 갔다. 네롤리를 위해 튀니지를 가는가 하면 향수의 섬으로 불리는 마요트 역시 빼놓지 않았다.

꽃과 향료.

무엇이 다를까?

둘은 하나의 줄기로 연결되지만 굉장히 다르다. 특히 조향사에게는 그랬다.

조향은 영감의 작업이다. 아름다운 향도 중요하지만 그 향의 기원인 꽃과 꽃나무, 그리고 그 꽃이 자라는 환경을 보는 것도 중요하다. 그들에 대한 시각과 청각, 후각의 공감각이 함께 어우러질 때 빛나는 영감이 나온다.

향수가 추상적이기 때문이다. 보이지 않는 것을 보이는 것처럼 구현하려면 영감을 불러일으키는 것들에 대한 탐구는 '강추'가 아닐 수 없었다.

블랑쉬는 다행히.

그것들은 어린 시절에 해치웠다. 어머니가 노동에 시달리는 동안 혼자였던 블랑쉬. 빛나는 호기심덩어리였던 그는 비글과 함께 그라스의 구석구석을 헤집고 다녔다. 작은 냄새도 놓치지 않고 차곡차곡 쌓아 간 까닭에 천재적인 후각에 시너지가 된 것이다.

강토 시야에 거목이 들어왔다.

그 뒤편에 걸린 노랑 플래카드 때문인지 문득 일랑일랑이 떠올랐다. 일랑일랑은 사랑이다. 그러나 그 꽃나무가 거목이라는 걸 아는 사람은 흔치 않다. 일랑일랑 나무는 약 20m 이상을 자란다. 인부들은 그 줄기를 타고 올라가 꽃을 채취한다. 이 나무가 매력적인 건 꽃을 따면 딸수록 더 많이 맺힌다는 사실. 초록을 머금은 황금빛 일랑일랑은 조향의 축복이 아닐 수 없었다.

「목적지에 도착했습니다. 안내를 종료합니다.」

내비게이션의 안내가 끝났다.

차에서 내리자 차가 두 대 보였다. 하나는 고급 세단이고 또 하나는 낡은 코란도였다. 스님이 엄격하다니 세단은 신도가 타고 온 것으로 보였다. 그 주변으로 낯익은 냄새가 끼쳐 왔다.

가죽나무였다.

향일 스님의 말처럼 절 근처에 가죽나무가 많았다. 아직은 이른 봄이라 별로 활성화되지 않은 향들. 그러나 이미 기지 개를 켜고 있으니 강토의 코에 들어와 안녕, 안녕, 인사를 했다.

"지승 스님요?"

보살 한 사람이 나와 강토를 맞았다. 화란사는 기암사보다도 훨씬 오래된 절로 보였다. 단청도 낡았고 지붕의 기와에도 이끼가 끼었다. 그걸 감상하고 있을 때 주지, 지승 스님이 나왔다.

"향일 스님이 보낸 불자신가?"

흰 고무신을 신고 나와 묻는다. 체격이 크고 각이 진 데다 목소리도 괄괄하다. 향일 스님과는 아주 딴판이었다.

"예, 수고를 끼치게 되었습니다."

"수고랄 게 뭐 있나? 그렇잖아도 너무 오래 방치해 날이 더 따뜻해지면 치워 버릴까 생각 중이었네."

"……"

"따라오시게."

스님이 성큼 앞서 걸었다. 향일 스님 말처럼 굉장히 엄격한 성격이었다.

"저기라네."

돌담을 돌아선 스님이 모퉁이를 가리켰다. 깨진 기와와 헌 기와 무더기가 보였다. 대충 보아도 수백 장은 될 것 같았다.

유레카.

강토는 소리를 지를 뻔했다. 산과 이어지는 담장 아래, 맨 흙 위에 놓인 기와들은 강토가 찾던 조건을 다 갖추고 있었다. 굳이 집어 들고 확인할 필요도 없었다. 강토의 하우스에서 만들었던 냄새보다 더 리얼한 냄새 분자들이 뿜뿜거리고 있으니.

"찾는 게 맞나?"

"예, 제가 가져가도 되겠습니까?"

"다?"

"예."

"그럼 고맙지."

"사례는 어떻게 할까요?"

"버릴 물건들인데 사례를 받으면 부처님께 벼락을 맞네."

"하지만 제게는 필요한 물건이니……."

"그럼 잘된 거 아닌가? 당신은 필요하고 나는 필요 없으니……."

"……."

"대신 조용히 가져가시게. 지금 우리 절에 중요한 불자께서 오셔서 1,000배 기도를 올리고 계시니."

스님이 돌아섰다.

엄격, 엄격…….

말 한마디와 걸음에서도 그 성격이 엿보였다.

일단 트럭을 불렀다.

두 대였다.

한 대는 하우스로 갈 차고, 또 한 대는 나머지를 버려 줄 차였다. 필요한 것만 달랑 싣고 갈 수는 없기 때문이었다.

기다리는 동안 기와를 하나하나 분류했다. 다 쓸 수 있는 것은 아니었다. 어떤 것은 나쁜 냄새가 깃들었고 또 어떤 것은 페인트 등이 묻어 사용할 수 없었다. 강토에게 필요한 기와는 200장쯤 되었다. 이 정도면 좀비 향수 문제는 해결될 것 같았다.

시간이 나니 절 구경을 했다.

한가롭다.

대웅전 앞의 마당을 오가는 건 참새 몇 마리뿐이었다. 새들은 법당에서 새어 나오는 향을 쫓는다. 강토 코가 살짝 찡그려진다. 법당에 피운 향의 조악함 때문이었다. 제대로 된 향이 드문 세상이니 이해했다. 그래도 담장 너머의 가죽나무들은 키를 재며 자란다. 햇살이 다사로운 쪽으로는 연둣빛으로 움튼 싹도 보였다.

가죽나무.

진짜 이름은 참죽나무다. 모양이 비슷한 가죽나무는 그 잎을 나물로 먹지 못한다. 대개는 청명을 전후해서 싹이 돋는데 일찍 나온 싹들이 기특했다.

돌아보니 트럭은 아직 올 기미를 보이지 않았다. 담장 너머로 가서 새순을 하나 땄다.

흐음.

겨울을 넘어온 봄 향이 피로를 가시게 한다. 보통 사람에게는 약간 비위에 거슬리겠지만 강토에게는 최고의 레더 노트가 될 보물이었다.

향을 음미한 후에 입에 넣었다. 그때 등 뒤에서 스님의 체취가 다가왔다.

"스님."

강토 눈빛이 살짝 구겨졌다. 스님의 눈초리가 매워진 것이다.

"기와를 얻으러 왔으면 기와만 가져갈 것이지 왜 어린 순을 해치느냐?"

불호령이 떨어졌다.

"죄송합니다. 제가 향에 관심이 있다 보니."

"향? 무슨 향?"

"그게……."

아차 싶었다. 향일 스님의 조언이 떠오른 것이다.

"무슨 향이냐고 묻지 않는가?"

다리로 땅을 차는 스님 목청이 천둥을 쳤다.

"……"

"대답하지 못하는 것을 보니 이상하구나. 네, 내 기와를 어디다 쓰려는 것이냐?"

"저희 집에 올리려고……."

"집? 집에 절간 기와를 올린다고?"

"예……."

"어허, 이자가 세상 물정 모르는 중이라고 나를 우습게 보았구나? 저 기와는 나온 지 수십 년이 넘은 것들이다. 민가의 기와와 모양도 맞지 않을 텐데 집에다 올려? 네 꿍꿍이가 불손하니 기와를 가져가는 일은 없던 걸로 하거라."

"……?"

"가 보거라. 괜한 새순 자르지 말고."

매조지를 한 스님이 돌아섰다.

"스님."

강토가 스님 앞을 막았다.

"가라고 하지 않았더냐?"

"사실대로 말씀드리죠. 저 기와는 특별한 향수에 필요합니다."

"향수라고 했느냐?"

"예."

"그렇다면 네 직업이 무엇이냐?"

"향을 만드는 조향사입니다."

"조향사라면 여자들이 뿌리는 향수 만드는?"

"그런 향수도 만듭니다."

"어쩐지 타고 온 차 색깔부터 탐탁지 않더라니⋯ 가 보거라."

"스님, 향수가 어때서 그렇습니까? 그 기원은 절에서 피우는 향과도 다르지 않으니 냄새란 향도 되고 향수도 되는 법입니다."

"말 한번 잘했구나. 같은 냄새라도 요망한 향수도 되고 신성한 향도 된다는 말이 아니냐?"

"스님⋯⋯."

"비록 버리는 기왓장이라 해도 오랫동안 불경을 듣고 부처를 바라보던 것들이다. 천박한 향수의 재료로 쓰이는 걸 원치 않으니 그만 가거라."

"방금 천박이라고 하셨습니까?"

"아니면? 사람은 본연의 향이 있거늘 그걸 가리려고 뿌려대는 향수가 제정신이란 말이냐? 향이란 본시 정신을 가다듬고 기운을 맑게 하는 데 쓰는 법이다. 우리 법당의 향에서 배우거라."

"어떤 향 말입니까?"

"어떤 향이라니? 네, 향을 만드는 조향사라면서 이 향내도 못 느낀단 말이냐?"

"법당 안의 향은 크게 두 가지입니다. 우선 오래전에 밴 향은 제가 배울 게 있는 진짜 침향입니다. 하지만 지금 피우고 있는 향은 조악한 연기에 불과하니 공해가 따로 없습니다. 그러니 전자를 배우라는 건지 후자를 배우라는 건지 말씀해 주시기 바랍니다."

"뭐라고? 조악? 공해?"

스님의 흥분 게이지가 무한으로 폭등했다.

*   *   *

"네, 이 향이 어떤 향인지 알고나 하는 말이냐?"

"어떤 향입니까?"

"중국 남부의 고찰에서 가져온 최고의 침향이다."

"가짜입니다."

"뭐라고?"

스님의 목소리가 매섭게 갈라졌다.

"네 향일 스님이 보냈기에 대충 넘어가려 했다만 무슨 근거로 그따위 망발을 하는 것이냐?"

"그러고 보니 스님의 합장주에서도 같은 냄새가 나는군요?"

"뭐라?"

스님이 손의 합장주를 바라보았다. 맞는 말이었다. 지난 해에 천도제를 지낸 불자의 선물이었다. 그는 중국에 정통했고 남부의 복건성에 사업체가 있었다. 거기서도 가장 오래된 고찰에서 직접 만들었다는 침향이었다. 침향은 주로 중국의 남부와 인도네시아, 태국, 캄보디아 등지에서 나고 있었다.

"침향은 저도 압니다. 향수를 만드는 조향학에서는 오우드라고 부르죠."

"향수 이야기를 듣자는 게 아니다."

"향수의 오우드와 침향의 향이 다른 것이 아닙니다. 같은 나무의 수지로 시작해 쓰임새만 다를 뿐이니까요."

"네, 그 말을 달고 사는구나. 그래서? 그게 이유가 된단 말이냐?"

"오우드를 향으로 쓰면 하늘의 꽃비나 천상의 향으로 부르죠. 실제로 그 향은 은은하면서도 천연을 담은 냄새로 정신을 맑게 해 줍니다."

"지금 저 향이 그렇지 않느냐?"

"잠깐만 기다리시죠. 제가 천상의 침향이 무엇인지 보여 드리겠습니다. 그래도 믿지 못하신다면 용서를 구하고 돌아가겠습니다."

강토가 차를 향해 걸었다. 차 안의 가방에는 향수 샘플들이 있었다. 오우드 병을 들고 와 스님의 소매에 뿌려 주었다.

"맡아 보시죠. 그게 바로 진짜 침향입니다."

"이자가 감히 허락도 없이 향수 따위를……."

"향수가 아니라 액체 침향입니다. 그렇게 생각하시고 한 번만 맡아 보시면 됩니다."

"못 하겠다면?"

"스님."

강토 눈에 힘이 들어갔다.

"이자가 어디서 감히."

"좋습니다. 맡지 않아도 괜찮습니다. 그런데 지금 올리는 향공양 말입니다. 가짜라면 당장 치워야 하는 것 아닙니까? 부처님께 올리는 향 공양을 가짜로 하는 꼴이니까요."

"뭐라고?"

"사람은 본연의 냄새가 있거늘 왜 향수 따위로 포장하느냐고 하셨죠? 만약 저 향이 가짜라면 스님께서 폄훼하신 향수보다 더 부끄러운 짓을 하고 있는 것 아니겠습니까?"

"……?"

"제 오우드는 이미 냄새가 나고 있습니다. 스님은 비교만 하시면 됩니다."

치잇.

강토의 향수가 한 번 더 분사되었다.

스님이 흠칫거렸다. 냄새였다. 상대하고 싶지도 않지만 냄새가 코를 밀고 들어와 버렸다.

"……?"

후각이 저절로 반응을 했다.

하늘의 꽃비.

천상의 향.

누가 말했던가? 오감이 후각으로 쏠리는 순간, 스님의 대뇌에 오묘한 향기가 속절없이 번져 버렸다. 꿀 냄새인가 하면 나무 냄새가 나고 아몬드 향인가 하면 향신료 냄새도 났다. 그러나 그 핵심은 너무나 맑고 향기로웠다.

"어떻습니까? 제 침향과 스님이 피운 향… 비슷하기라도 합니까?"

"……."

스님의 미간이 멋대로 불룩거렸다. 뭐라고 쏘아붙이고 싶은데 그럴 수 없었다. 이 두 개의 향은 아주 다른 품질이었다.

"침향의 주성분은 베타셀리넨(β−Selinene)과 아가로스피롤(Agarospirol)입니다. 마음을 진정시키죠. 하지만 스님의 향에서는 정유와 벤젠아세톤 냄새만 희미합니다. 제 생각에는 흉내도 제대로 내지 못한 짝퉁입니다."

"그렇게 자신이 있나?"

"저는 조향사입니다. 이것조차 구분 못 하는 후각이라면 향수를 만들 자격이 없습니다."

"하지만 오산이야. 저걸 선물한 내 불자님은 신실하신 분이네."

"확인해 보시죠."

"내가 왜?"

"가짜 향 공양을 막기 위해서죠. 확인이 되면 제가 기와를 가져가는 대가로 이 향을 디퓨저로 만들어서 보내 드리겠습니다."

"어떻게 말인가? 저 향을 국과수에라도 보내자는 건가?"

"예."

"뭐라?"

"진짜 보낼 필요는 없습니다. 대신 그 불자님께 전화해서 말씀하십시오. 스님께서 저 향을 다른 절의 스님에게 일부 나눠주었는데 그쪽에서 가짜인 것 같다고 국과수나 분석 기관에 보낸다고 하니 와서 보증을 좀 서 달라."

"……?"

"그렇게 하면 반응이 나올 겁니다."

"……."

"스님."

"좋다. 하지만 네가 지금 세 치 혀로 나를 농락하는 거라면 진짜 각오를 해야 할 것이다. 내 불자님들 중에는 고위직들도 많으니……."

스님이 구식 핸드폰을 꺼냈다.

"안녕하세요? 화란사의 지승입니다. 수고가 많으시죠?"

스님이 돌아서 통화를 한다. 그러다 돌연 대화가 끊겼다.

강토 입가에 미소가 스쳐 갔다. 스님의 체취가 변하고 있었다.

"그게 그렇게 되는 겁니까?"

목소리도 툭 떨어진다.

"아, 아닙니다. 그럴 수도 있지요."

당혹이다. 돌아서 있지만 체취로도 알 수 있었다.

"그럴 필요까지는… 아무튼 알겠습니다. 저쪽 스님에게는 제가 알아서 설명을 하지요."

통화는 여기서 끝났다.

헐거워진 스님의 시선이 대웅전으로 향한다. 살짝 열린 문틈으로 부처가 보이지만 그 부처가 말을 할 리 없다. 무심하게 향만 타오른다. 그걸 보던 스님이 대웅전으로 걸었다. 강토는 그저 보고만 있었다.

스님이 향을 거두었다. 그런 다음에야 마당으로 내려왔다.

"당신 말이 맞았소. 불자님 말이 자기가 사기를 당한 것 같다고……"

"……"

"거참……"

"아시다시피 침향은 귀한 것입니다. 그렇게 귀하다 보니 장난을 치는 사람들이 있지요. 제가 땄던 가죽나물처럼 말입니다. 저 나무 또한 참죽나무와 가죽나무가 있지 않습니까?"

"……."

"일단 아쉬운 대로 이 향수를 쓰시죠. 기다려 주시면 제가 더 만들어 드리겠습니다. 기왓장을 나눠 주시는 보답입니다. 스님 말대로 불경을 듣고 부처를 바라본 기와들이니 그만한 가치는 되리라 봅니다."

강토가 향수를 내민다. 스님은 주저하지만 결국 손을 내밀고 말았다. 향에 반한 것이다.

"이제 기와를 가져가도 되겠습니까?"

"……."

"감사합니다."

스님에게 두 손을 모아 답례를 했다. 트럭은 도착해 있었다. 기와는 강토 혼자 실었다. 향수의 재료가 되는 것이니 무겁지도 않았다.

"그럼……."

인사를 하고 트럭으로 다가갔다.

"기사님, 뒤에 실린 게 기와가 아니고 꽃이거든요. 그러니 조심조심 가 주세요."

하우스로 갈 기사에게 당부를 하고 방개차에 올랐다.

스님은 마당에서 오래 움직이지 않았다.

가죽나물에 대해 말하지 못한 것은 아쉬웠다. 하지만 뭐든

한꺼번에 이룰 수는 없었다. 게다가 가죽나물은 다른 지역에
서도 많이 나니까.

*   *   *

"대표님."

하우스에 도착하자 이린이 달려 나왔다.

"이린이, 힘 좀 쓰나?"

"네?"

"저 꽃들 말이야, 추출대로 옮겨야 하는데……."

"제가 옮길게요. 저, 힘세거든요."

이린이 팔을 걷고 나섰다.

"그럼 손 씻고 폴리 글러브부터. 이린이 손에 향수가 많이
묻었거든."

강토가 웃었다. 상미에게서 향수를 배우던 모양이었다. 그
향이 기와에 묻으면 안 될 일이었다.

기와를 추출대로 옮겼다. 진짜 꽃을 다루듯이 소중히 다뤘
다. 기와에는 강토가 생각하는 냄새가 제대로 담겨 있다. 오염
은 절대 사절이었다. 그게 비록 장미나 재스민처럼 좋은 향이
라고 해도.

하우스가 바빠졌다.

올리브기름을 준비하고 리넨도 준비를 했다.

"대표님."

오래지 않아 반가운 손님이 달려왔다. 마장동 발골사 권혁재였다.

"여기 있습니다."

그가 유지를 내려놓았다. 돼지와 송아지 기름은 물론이고 양 기름에 수이트까지 있었다. 수이트는 소와 양의 콩팥 주변에서 걷어낸 최상급 유지였다.

"와아, 퀄리티가 장난 아닌데요?"

유지를 확인한 강토가 말했다.

"당연하죠. 향수가 될 유지들인데… 다른 가게들까지 다 뒤져서 좋은 걸로 골라 왔습니다."

"매번 고맙습니다."

"천만에요. 아름다운 향수 만드는 데 일조한다고 생각하면 기분이 얼마나 좋은데요. 덕분에 제가 마장동에서는 향수 발골사로 통하거든요."

"배 실장."

강토가 상미를 불렀다. 미니처어 몇 개를 챙겨 권혁재 품에 안겼다. 유지값 역시 최고로 쳐 주었다.

"감사합니다."

그가 쾌재를 부른다. 향수를 모르던 정육 발골사 권혁재. 강토가 아는 한 그는 이제 마장동에서는 최고의 향수 전문가였다.

"금이린."

만반의 준비를 갖추고 이린을 불렀다.

"네, 대표님."

"향 추출법 배웠지?"

"네."

이린은 의외로 대답이 컸다.

"오, 자신 있는 모양인데?"

"그건 아니지만 사고는 많이 쳐 봤어요."

"어떤 사고?"

"부모님이 기르는 화초 말이에요, 앙플라쥐나 매서레이션 한다고 다 따서… 향 포집법 배우고는 전부 랩으로 감아서 죽게 만드는 만행을… 그래서 축출 위기까지 가는……."

"그럼 걱정할 거 없어. 오늘 재료는 좀 마음 놓고 다뤄도 되는 아이들이니까."

강토가 검은 기와를 가리켰다.

"면적이 크니 향 포집보다는 앙플라쥐겠네요?"

"맞아. 기와는 내가 골라 왔으니까 이린이는 기름을 골라야 해."

"유지는 한 번도 안 다뤄 봤는데……."

이린이 얼굴을 붉혔다. 동물의 기름을 바르는 실습은 생략하는 경우가 많았다. 그러나 향수를 만드는 과정에서는 생략할 수 없는 과정이었다. 강토 같은 스타일의 조향사라면 더욱.

"좋은 기름만 보내 주셨지만 그래도 가끔 이물질에 저급한 유지가 섞였으니 1차 구분 해 봐. 여과는 내가 따로 알려 줄 테니까."

책무를 주고 나왔다.

"열공 모드인데?"

슬쩍 안을 엿본 상미가 말했다.

"향낭은 준비해 줬어?"

"그럼, 대표님이 나 트레이닝시킨 코스 그대로 갈 거야."

상미가 향낭을 들어 보였다. 오렌지 계열의 향 내음이 났다.

"담배는 생략."

"대표님, 그건 일급비밀."

상미가 인상을 썼다.

"그리고 저거."

상미가 커다란 택배 상자를 가리켰다. 뜯어 보니 롤스로이스에 부탁한 재료들이었다. 차량 시트 커버용 가죽과 나무 장식들, 대시보드의 재료, 시프트 레버는 아예 통째로 들어 있었다.

일단 냄새부터 맡는다. 처음에는 통째로 맡고 다음에는 개별적이다. 차량 내부 재료들의 첫인상을 만나는 것이다. 과연 럭셔리의 끝판왕으로 불리는 차량의 재료들이었다. 불쾌한 냄새는 거의 나지 않았다.

"참, 태홍이는 다녀갔어?"

냄새를 맡다 보니 태홍이 생각이 났다. 재료를 잘 옮겨 놓고 상미에게 물었다.

"응, 이번에도 100점. 또 다른 미션 내 달라고 졸라서 장미향 섞어 놨는데 올 때 됐어. 그래도 이번에는 못 맞힐걸?"

"내 생각에는 맞힐 것 같은데? 결국에는……."

"진짜?"

"틀리면 어때? 다음에 맞혀도 되고. 배울 때는 그게 특권이잖아?"

"하긴……."

"권 실장은?"

"방금 전에 도착했대. 벌써부터 하우스 그립다고 징징징이야."

"우리는 가의도가 그립다고 하지 그랬어."

"대표님, 저 다 한 거 같은데요."

대화가 깊어 갈 때 이린이 나왔다. 같은 순간, 태홍이 들어섰다.

"선생님."

학교에서 돌아오는 건지 가방을 메고 있다. 이마에는 땀이 한가득이다. 저 다리로 달려온 게 틀림없었다.

"새 미션 주세요."

태홍이 손을 내밀었다.

태홍과 이린.

둘을 놓고 보니 재미난 생각이 떠올랐다.

"금이린, 얘 누군지 모르지?"

강토가 이린에게 물었다.

"네……."

"자칭 내 미래의 제자."

"제자요?"

"요즘 냄새 분자 특별 훈련 중인데 이린이가 살핀 유지, 태홍이에게 체크해 보라고 해도 될까? 얘가 후각은 굉장히 좋으니 혹시 이린이가 놓친 이물을 잡아낼 수도 있거든. 왜, 책 교정도 2번, 3번 보잖아."

이린의 동의를 구한다. 혹시라도 기분 나쁠 수 있기 때문이었다.

"저는 상관없어요."

이린의 동의가 나왔다.

"우태홍."

강토가 태홍을 불렀다.

"네?"

"이 선생님은 우리 학교 후배님이야. 이제 우리 하우스에서 같이 일하기로 했거든. 오늘 좀비 향수에 쓰일 기왓장 냄새를 추출하기 위해 유지를 선별하고 있는데 이물질이나 상한 부분 감별에 도전해 볼래?"

"어떻게 하는 건데요?"

태홍이 귀를 쫑긋 세운다.

"신선하고 퀼리티가 좋은 유지만 골라내는 건 어려운 일이거든. 이게 기름 덩어리다 보니 이물이나 상한 부분이 붙어 있을 수도 있어. 그런 걸 찾아내면 좀비 향수 한 병 준다."

"정말요? 요즘 떠들썩한 그 좀비 향수 말이죠?"

"그래."

"앗싸, 그렇잖아도 부모님 카드 뿌려서 몰래 접수한 친구들도 많거든요."

"……."

"죄송합니다."

"됐고, 그럼 시작."

"알았어요. 손은 씻어야 하는 거죠?"

"물론이지."

강토가 웃자 태홍이 세면대로 달렸다. 이린은 살짝 긴장이다. 두 다리가 없는 태홍. 백화점 론칭 때 본 적이 있었다. 하지만 강토에게 향을 배우고 있는 줄은 몰랐다.

"흐흡음……."

추출대 앞에 선 태홍이 후각을 가다듬는다. 유지는 여러 가지다. 돼지와 소기름, 그리고 양 기름과 새하얀 수이트……

"도전."

준비를 마친 태홍이 함성을 지른다.

긴장하는 건 이린이었다. 이린은 그래도 조향학 전공자였다. 후각은 뛰어나지 않지만 나름 최선을 다해 상하거나 오염된 부분을 제거했다. 한 번도 아니고 두세 번의 확인을 거쳤다.

그런데.

혹시라도 그녀가 간과한 하자를 태홍이 찾아내기라도 한다면?

제2장

—

엉뚱한 초대박 좀비 향수

태홍은 진지했다.

그런데.

그 진지함을 보던 상미 촉이 벼락처럼 반응을 했다.

'저것······.'

이제 보니 강토 폼이었다.

태홍은 언제 저걸 배웠을까? 추출대 앞에서 유지의 냄새를 맡는 모습이 강토의 복사본이었다. 가만히 눈을 감고 향을 쪼는 것이다. 멀리 가지도 않는다. 그저 고개의 각도만 살짝살짝 바뀔 뿐이다.

"대표님."

상미가 강토를 돌아보았다.

"쉿."

강토가 주의를 주었다.

강토가 모를 리 없다. 지금 태홍이 취하는 자세가 자신의 것과 닮았다는 것.

하지만.

조금 다르긴 했다. 마지막에 코가 기울었다. 유지의 끝자락이었다.

"선생님."

파악이 끝난 걸까? 태홍이 손을 들었다.

"왜?"

강토가 답했다.

"여기요. 이 안에서 피 냄새가 조금 나요."

태홍이 유지 무더기의 끝을 가리켰다.

"확인해 볼까?"

상미가 나서려 할 때.

강토가 그녀의 팔을 잡았다.

"확인할 필요 없어."

"틀린 거야?"

상미가 물었다. 강토라면 여기서도 알 수 있는 일이었다.

"우태홍."

"네."

"진짜 피 냄새냐?"

"사실은 반쯤 찍었어요."

"……."

"틀렸나요?"

묻는 태홍을 두고 유지부터 확인했다. 무더기를 들추자 혈흔이 보였다. 겨우 흔적이다. 그 냄새를 감지한 태홍이었다. 일단 오염된 유지부터 걷어 냈다.

"이린."

그런 다음, 이린을 돌아보았다.

"네?"

"손 좀 보자."

강토가 손을 내민다. 이린이 멈칫멈칫 그 손을 주었다. 손목을 들어 보니 긁힌 자국이 있었다.

"어머."

이린이 놀란다. 안쪽 각도라 그녀도 몰랐던 모양이었다. 상처는 아직 아물지 않았다. 그 피가 유지에 묻은 것. 그걸 찾아내는 태홍이었다.

"제가 맞힌 건가요?"

태홍이 물었다.

"그래."

강토의 답이었다.

강토가 이린의 팔을 확인한 건 두 가지 의미가 있었다. 첫

째는 그 냄새였기 때문이었고, 또 하나는 유지 때문이었다. 권혁재가 가져왔을 때 이미 스크린 테스트를 했었다. 피 냄새는 없었다. 만약 피 냄새가 났다면 바로 제거했을 일이다. 그 냄새가 주변 유지에 밸 수 있기 때문이다. 그러나 잡티는 조금 있었다. 양털과 송아지 털 등이었다. 그 몇 개는 그냥 남겨 두었다. 이린의 집중력을 볼 생각이었다. 이린은 그걸 다 골라냈다. 그녀 나름의 최선을 다한 것이다.

"아싸."

태홍이 주먹으로 허공을 찌른다. 기분이 좋을 수밖에 없는 일이었다.

"저 그럼 좀비 향수 주시는 거죠?"

"그럼."

"다른 미션도 주세요."

"기다려라."

강토가 상미를 데리고 돌아섰다. 준비된 장미 향을 보니 다섯 가지를 섞었다. 거기다 다섯 가지 종의 장미 향을 더했다. 향 구분으로는 최상급에 준하는 미션이 될 판이었다.

"이거 맞히면 향 테스트는 졸업이다."

"정말요?"

태홍이 반색을 한다.

"다른 것도 열심히 하고 있지?"

"네."

"영어는?"

"베티가 그러는데 많이 늘었대요."

"베티는 불어도 하는데?"

"네……."

강토의 팩트 체크에 태홍의 기가 살짝 죽는다.

"기죽냐?"

"조금요."

"왜? 대신 너는 한국말을 잘하잖아?"

"그건 그렇네요?"

사소한 위로에 태홍의 얼굴이 펴졌다.

"기왕이면 베티에게 불어도 배워라. 진짜 내 제자가 되려면."

"알겠습니다. 불어."

태홍이 부동자세를 갖춘다.

"그럼 가 봐."

"그런데 선생님."

"왜?"

"저, 이 미션까지 맞히면 좀비 향수 하나 더 주실 수 없나요?"

"이유는?"

"베티 주려고요. 베티가 어떻게 알고 물어보더라고요."

"오늘 받기로 한 걸 주면 되지 않을까?"

"그건 제 거거든요. 선생님 향수는 베티에게도 양보 못 해요."

"좋아. 유지의 혈흔을 발견했으니 그 공로까지 더해서 약속한다. 그 미션을 맞히면."

"와앗, 고맙습니다. 선생님."

태홍은 블레이드 러너를 경중거리며 하우스를 나갔다.

"대표님, 죄송해요."

이린은 기가 죽었다. 혈흔 때문에 더 그랬다.

"괜찮아. 잡티는 다 골라냈고, 게다가 너무 열심히 하다 보니 그런 거잖아."

"그래도요. 제가 오히려 향을 망칠 뻔했잖아요."

"나는 이 과정에서 실수한 게 너무 고마운데?"

"네?"

"만약 에센스나 콘센트레이트, 앱솔루트 같은 과정에서 그랬어 봐?"

"……."

"혈흔만 빼면 완벽해. 바로 여과에 들어가도 되겠어."

"정말요?"

"자, 그럼 여과하고 앙플라쥐에 들어가 볼까? 기왓장이 많으니 서둘러야 할 것 같아."

강토가 소매를 걷었다. 잔뜩 쫄았던 이린의 표정이 풀리는 게 보였다.

"태홍이 말이야……."

이린을 데리고 기름 여과를 하며 운을 띄웠다.

"네……."

"후각이 굉장하지?"

"네, 깜놀했어요."

"나도 그래. 나는 저 나이 때 거의 후맹이었는데……."

"사실은 후맹 아니었는데 숨기고 계셨다면서요?"

"응? 누가 그래?"

"학교에 그렇게 소문이 났어요. 우리 학과 생긴 이후로 최고의 준재로 각광받던 남경수 선배님을 기고만장하게 놔뒀다가 졸업 때 한 방에 정리……."

"누가 소설을 썼구나?"

"아니에요? 내공을 숨기고 있다가 졸업반 때 학과를 평정했다면서요? 심지어는 이창길 교수님까지……."

"진짜 소설이네."

"……."

"태홍이와의 해프닝, 기분 나쁘지 않아?"

"전혀요. 제 후각이 안 좋은 걸 어쩌겠어요? 하지만 피가 나는 것도 모른 건 너무 바보 같았어요."

"너무 열심히 하다 보면 그럴 수도 있지."

"죄송해요."

"아니야. 사실 태홍이에게 유지 선별을 시킨 건 태홍이 향

훈련 때문에 그래. 향낭이나 같은 계열의 향으로 향 구분 훈련 하는 거 말이야, 그거 사실 배 실장도 많이 했고 지금도 하고 있어."

"네……."

"이린이도 시간 날 때마다 해 봐. 그럼 후각이 점점 좋아질지도 몰라. 상미하고 태홍이가 산증인이거든."

"정말 그렇게 될까요?"

"알잖아? 향수에서는 조금이 큰 차이라는 거. 향에 대한 민감성이 더 좋아지면 이린이 할 수 있는 일들이 더 늘어나지 않을까? 유지 고를 때 보여 준 빛나는 관찰력과 집중력을 더하면……."

"해 볼게요. 그렇잖아도 대표님이랑 일하려면 뭔가 업그레이드되어야 할 것 같아서 고민하던 중이었어요."

"좋게 받아 줘서 고마워."

강토가 웃었다.

그러는 사이에도 손은 쉴 새 없이 움직였다. 여과는 끝났다. 기와는 사람이 아니니 비율을 조금 바꾸었다.

「수이트 1 : 돼지기름 6 : 소기름 2.8 : 올리브 0.2」

이 비율이 기왓장 냄새를 제대로 빨아들이는 황금비였다.

리넨에 발라 기왓장을 감싼다. 하나하나 정성을 들인다. 기와의 굴곡진 부분에는 유지의 비율이 변한다. 이린은 추출 과정을 꼼꼼하게 기억해 두었다.

동영상 촬영을 세팅한 상미가 합류한다. 기왓장이 많기 때문이다. 향을 추출하는 과정은 신성하다. 그것이 기왓장이든 꿈꿈한 냄새를 피우는 곰팡이든.

"끝."

마지막 리넨을 두르는 상미 목소리가 가뜬했다.

"수고했어."

강토가 인사를 잊지 않는다.

"시원한 장미차 한잔?"

상미의 제안이 향기롭다.

"제가 가져올게요."

이린이 냉장고를 향했다.

그런데.

장미차를 가지러 간 이린은 엉뚱한 것을 가지고 돌아왔다.

"대표님."

이린의 손에 들린 바구니에는 연둣빛 산나물이 그득했다. 그중 일부는 총천연색 튀김이었다.

"뭐야?"

상미가 물었다.

"손님이 오셔서……."

이린이 밖을 돌아본다. 강토의 후각이 먼저 감을 잡았다. 산나물은 어린 가죽나물이었다. 나물에는 지승 스님의 체취가 뱄다. 스님이 따서 보낸 모양이었다.

"지승 스님께서……."

심부름을 온 아주머니가 확인을 해 주었다.

"이렇게 귀한 것을……."

강토의 답례는 정중했다.

"스님 말씀이 아까 실례가 많았다면서… 그리고 향수… 한 동안 두통이 아련했는데 그 향을 맡으면서 문득 사라져 버렸답니다. 그 감사도 전하라고 하셨습니다."

"향이 마음에 드신다니 다행이군요."

"가죽나물은 이제부터 지천입니다. 필요하면 말씀만 하라고 하십니다."

"배 실장, 이분 차 한잔 대접해 드리세요."

상미에게 지시하고 조향실로 향했다. 오르간에서 향료를 꺼냈다. 침향나무 오우드였다. 아까 준 향은 너무 단순했다. 샘플로 가지고 다니는 것이니 어쩔 수 없었다. 하지만 오르간 앞이라면 달랐다.

스님을 위한 오우드 향을 제대로 만들었다. 강토로서는 일종의 투자였다. 가죽나물이 필요하기 때문이었다.

"아까의 향수가 스님에게 긴요하다니 조금 더 다듬었습니다. 냉장실에 두었다가 아까 드린 것을 다 쓰고 난 후에 쓰시라고 전해 주십시오."

새로 만든 오우드 향수를 건넸다.

"아유, 스님이 너무 좋아하겠네."

아주머니가 좋아했다.

"죄송하지만 가죽나물은 언제 제대로 나는지요?"

"올해는 철이 좀 빠르니 곧 날 겁니다."

"혹시 판매 계약 같은 게 되어 있나요?"

"아닙니다. 가죽나물이 나면 우리 보살들이 따서 나물도 해먹고 장아찌를 만들거나 발효도 시키곤 하지요."

"알겠습니다. 가죽나물 일은 제가 곧 상의를 드리러 가겠다고 전해 주십시오."

아주머니에게도 오우드 미니어처를 몇 개 나눠 드렸다. 그 입이 커다란 바구니만큼이나 벌어졌다.

"출출한데 잘됐다. 먹자."

아주머니가 돌아가자 바로 먹방을 차렸다. 절간 튀김답지 않게 화려했다. 노랑색 튀김은 치자의 물이었고 맑은 핑크는 천년초였다. 보라색도 식물에서 왔으니 봄 향기 머금은 새순과 기막힌 색조의 조화를 이루고 있었다.

찰칵.

상미와 이린은 인증 샷이 먼저다.

'아흠.'

목을 넘어가는 튀김의 아련한 맛이 환상이었다. 처음 먹는 사람이라면 약간의 거부감을 가질 수도 있는 미묘함까지 잊을 정도였다.

"우와……"

가죽나물 튀김이 도착한 사연을 들은 이린이 입을 쩌억 벌렸다. 기와가 그냥 온 게 아니기 때문이었다.

"우리 대표님 후각이 그 정도야."

상미가 살짝 비행기를 태운다.

"그렇게 엄격하시면 저는 무서워서 꼬리 내리고 왔을 거 같아요."

이린의 표현은 솔직했다.

"아무튼 서로 윈윈이네? 스님은 찐 침향을 선물받았고, 대표님은 원하던 기왓장을 구하고……."

"내가 더 이익이지. 저런 기왓장을 어디서 구하겠어? 게다가 가죽나물 튀김까지 덤."

"덕분에 우리도 입 호강 하고?"

"기왓장 때문에 고민했는데 이렇게 풀렸으니 답례를 더 해야 할 것 같아. 가죽나물도 조달해야 하니 다른 향을 하나 더 선보일까 하는데? 스님의 향수에 대한 관념도 바꿀 겸."

"하긴 가까운 데서 조달되면 좋지. 아니면 가의도의 권 실장 똥줄이 탈 테니……."

"그렇게 엄숙하고 보수적인 분이면 샌들우드가 어떨까요?"

이린의 의견이 나왔다.

"샌들우드?"

강토가 시선을 들었다.

"저희 과제 할 때 역사 속의 향이 나왔거든요. 도서관에서 자료 찾다 보니까 고종께서 근정전 향로에 백단향을 피우며 국태민안을 빌었다는 기록이 있더라고요. 스님들도 국태민안 같은 거 많이 비니까 스토리가 되지 않을까요?"

"아, 그거? 이린이도 봤구나?"

강토가 맞장구를 쳤다. 백단향이 샌들우드다. 강토도 본 기억이 있었다.

"흐음, 둘 다 공부 좀 했네."

상미가 애정 어린 시샘을 날렸다.

"그때가 화협옹주 화장품 기사가 나왔을 때거든요. 그래서 알게 되었어요."

"화협옹주면 사도세자 누이?"

"네, 그 무덤에서 나온 화장품 성분 분석 기사가 나오자 그걸 주제로 향수를 구상해 보라는 과제도 있었거든요."

"옛날 화장품이면 대부분 수은하고 납 범벅이잖아?"

상미가 강토를 바라보았다.

"바르는 화장품이면 그렇겠지."

"아, 조선시대쯤으로 돌아가서 사대부 마님들이나 기생들에게 향수 팔면 대박 날 텐데……."

"아쉬울 거 뭐 있냐? 거꾸로 하면 되지."

"거꾸로?"

"화협옹주가 쓰던 화장품 재현시켰다잖아? 우리라고 못 할 거 있어?"

"향낭도 나왔냐?"

상미가 이린에게 물었다.

"그건 아닌 거 같던데요?"

"근정전에서 백단향은 피우셨다잖아. 나, 가서 향로 좀 봐야겠다. 거기 백단향 분자가 남아 있을 테니까 그것과 같은 향수를 만들면 가죽나물 공급에 대한 답례로 괜찮겠어."

강토가 일어섰다.

영감이다.

그렇다면 주저할 것 없었다.

근정전의 향로는 다리 셋의 삼족정이었다. 이 청동 향로는 국가 의식을 행할 때 많이 사용했다. 대개는 임금이 자리에 앉으면 향을 피워서 행사의 시작을 알리고 행사가 끝나면 향을 껐다.

그때는 뚜껑이 있었지만 지금은 사라졌다.

뚜껑은 어디로 갔을까?

하지만.

숱한 향들은 향로 안에 남았다.

관광객들이 오가는 사이에 향로 안에 남은 향 분자를 추적한다. 침향이 나온다. 더불어 백단향의 분자도 남아 있다. 시간의 흐름을 따라 희미해졌지만 완전하게 사라진 건 아니었다.

경복궁에서 또 다른 영감을 건졌다.

창경궁 쪽에서 느껴지는 자두꽃 냄새가 달콤했다. 냄새를 따라가니 몇 송이가 피었다. 하긴 어떤 개나리는 초겨울에도 노란 망울을 터뜨린다. 가만히 서서 자두꽃 내음을 음미했다. 꽃이 제대로 피면 하얀 팝콘을 붙여 놓은 것처럼 정다운 게 자두꽃이다.

장미나 재스민에게는 밀리지만 달콤함으로 치면 어떤 꽃에도 밀리지 않는다. 관리는 좀 까탈스럽지만 유실수 중에서는 비파나무와 함께 최고로 달콤한 게 자두꽃이었다.

의미도 심장하다.

자두꽃은 '대한제국'의 대표 문장으로도 쓰였다.

'흐음……'

달달하고 향긋한 비누 냄새 같은 자두꽃 향기… 그렇기에 그 향이 만 리를 간다는 속설이 있을 정도였다.

레더에 우디 노트.

세단 향수의 핵심이었다.

큐어와 스웨이드, 오우드나 시더우드, 혹은 샌들우드.

레더와 우디의 향료로 꼽던 후보 원료들이었다.

그 자리에 들어갈 향들이 구체화된다.

차량은 첨단 세단, 그 럭셔리한 공간을 채워 줄 향의 하트 노트는 천연향료.

큐어와 스웨이드를 밀어내고 가죽나물 향을 매칭시킨다. 우디 또한 샌들우드를 밀어내고 비자 열매 껍질 향으로 대신했다. 비자 열매는 솔향기를 닮은 향을 낸다. 샌들우드의 익숙함에서 벗어나는 한 수가 될 수 있다. 자두와 가죽나물이 있으니 우디계를 상징하는 그린과 스위트, 스파이시함을 다 담을 자신이 있었다. 게다가 샌들우드는 베르가모트와 궁합이 좋은 향료. 자두 향을 앞세우는 향에서는 샌들우드의 위력도 조금 무뎌질 판이었다.

뼈대를 세웠으니 조연 향료를 더해 본다.

자두꽃+자두 향이다.

달달하고 향긋한 자두는 중국 5대 진상 과실의 하나로 꼽힐 만큼 고귀함의 또 다른 상징이다. 제라늄으로 뽀송하고 액티브함을 더하고 페르시콜로 악센트를 찍어 준다. 마무리로 알데히드와 베티베르를 넣어 향료 기능을 업그레이드시키고 전체를 통합하면? 초고가 차량의 품격으로 그만이다.

「톱 노트: 자두 향, 제라늄」

「하트 노트: 가죽나물, 비자 열매, 페르시콜, 알데히드」

「베이스 노트: 베티베르」

경복궁 오기를 잘했다. 팝콘처럼 피는 자두꽃처럼 영감이 무럭무럭 피어올랐다.

기본 스케치가 완성되자 강남의 롤스로이스 전시장으로 향했다.

"안녕하세요?"

매니저에게 인사를 하고 차량을 살폈다. 한국 지사장의 귀띔을 들은 그들은 강토에게 최대한의 편의를 제공했다. 기본 스케치를 롤스로이스 모델들에 적용해 보았다. 신모델의 내부 재료를 받았지만 실체를 보는 것과는 다르기 때문이다. 신모델의 내부 소재는 조금 변한다. 간단히 보면 업그레이드였다. 스케치는 롤스로이스의 소재들과 따로 놀지 않았다.

마음이 편해졌다.

하우스로 돌아가는 길, 김재한 감독에게서 전화가 걸려 왔다.

―닥터 시그니처.

"감독님, 웬일이세요?"

―우리 좀비의 품격 말입니다. 나름 대박이 났습니다.

"네?"

―SNS에 입소문이 겹치면서 전회 매진 행렬입니다. 다음 주부터는 개봉관도 40개에서 200개로 늘어날 예정입니다. 다 좀비 향수 덕분입니다.

김 감독의 목소리는 점점 더 커지고 있었다.

*　　　　*　　　　*

"200개라고요?"

강토 목소리도 덩달아 커졌다.

40개에서 200개.

엄청난 변화였다.

많은 저예산 영화들은 개봉일이 지나면 스크린이 줄어든다. 그게 운명이다. 그런데 이 영화는 몇 배로 늘어났다. 고무적인 현상이 아닐 수 없었다.

게다가 전회 매진.

그렇다면 스크린이 더 늘어날 수도 있었다.

—그래서 미리 말씀을 드리려고요.

"좀비 향수가 더 필요하신가요?"

—아닙니다. 200개나 되는 스크린에 향수를 걸 수는 없지요. 그것보다는 러닝개런티를 챙겨 드리려고요.

"러닝개런티라뇨?"

—처음에는 40개 스크린이라도 지키자였습니다. 그런데 이게 200개로 늘어나지 않았습니까? 사람이 화장실 갈 때와 나올 때 마음이 다르다고 저도 고마운 마음 사라질까 봐 미리 말씀을 드리는 겁니다.

"무슨 말씀이신지?"

—많이는 못 드리고요, 관객 1명당 100원씩 챙겨 드리겠습니다. 방금 우리 주연배우들하고 나눈 의견입니다. 이 친구들도 흔쾌하더군요. 이게 다 닥터 시그니처의 향수 덕분인데 다

드린들 아깝겠냐고.

"감독님……."

—사양 마시고 받아 주세요. 서류는 제가 공증을 서서 보내 드리겠습니다.

"이러지 않으셔도 되는데……."

—아닙니다. 그래야 나중에 향수가 필요하면 또 부탁을 드리죠. 아, 그럴 리는 없겠지만 우리 배우들 중에 누군가가 시상식에 나가게 되면 그때도 부탁드립니다.

"그건 약속드리죠."

—그럼 끊겠습니다.

"……."

「좀비의 품격」

신호등에 걸려 기다리는 동안 검색을 했다.

관련 기사가 보였다. 미국의 블록버스터와는 또 다른 맛의 영화라는 호평이 보였다. 관객 평들도 좋은 편이다. 더 값진 것은 알바를 전혀 동원하지 않은 평과 별점이라는 점.

'서둘러야겠네.'

기사를 보니 좀비 향수가 급해졌다. 러닝개런티 때문은 아니었다. 그건 생각도 않은 일이었다. 이럴 때 향수가 나가면 영화의 시너지가 될 수 있다. 일반적인 향수가 아니라 숙성의 영향도 많이 받지 않았다. 오늘 만들어 바로 뿌려도 큰 문제가 없는 것이다.

마침 기왓장 냄새도 해결이 되었다. 내친김에 끝을 볼 생각
이었다.

차를 돌려 아네모네로 향했다.

향료는 준비되었으니 생산 시설을 빌려야 했다.

아네모네라면 좋지만 그곳은 OEM(주문자 상표 부착 생산)을
하지 않는다. 하지만 그런 업체를 정통하게 알고 있었다.

"닥터 시그니처."

오 팀장과 차 선생이 뛰어나왔다. 강토의 내사는 언제든 반
겨 주는 그들이었다.

"안녕하셨어요?"

"좀비 향수 초대박 났다며?"

차 선생이 내 일처럼 좋아한다.

"실은 그것 때문에 상의 좀 드리려고요."

"OEM이야?"

오 팀장도 눈치를 차린 모양이었다.

"네, 이게 너무 많아서 수작업으로는 불가능한 것 같아서
요."

"아오, 개부럽다."

차 선생 감정이 폭주를 한다.

"우리가 해 주면 좋을 텐데……."

오 팀장이 아쉬움을 토로한다.

"어디 좋은 데 좀 소개해 주세요."

"일단 실장님에게 가자. 실장님이 그런 업체들 잘 알고 계시니까."

오 팀장이 강토를 끌었다.

"15만 병?"

강토 말을 들은 유쾌하가 소스라쳤다. 1─2만 병이라도 놀랄 판이다. 그런데 15만 병?

"안 될까요? 다들 입금이 된 케이스라서……."

"맙소사, 화제인 줄은 알았지만 15만 병이나?"

오 팀장도 혀를 내두른다.

"실장님."

강토가 유쾌하를 바라보았다.

"돼."

유쾌하가 웃었다.

"정말입니까?"

"그럼. 그 정도 규모라면 품질관리가 제대로 되는 데로 가야지. 대한 콤마 어때?"

"되는 것도 중요하지만 빠른 시간 내에 만들어야 합니다."

"그건 또 왜?"

"이 영화가 지금 대중의 관심 덕분에 스크린이 늘어났다고 합니다. 감독님이 마인드가 제대로 된 분이거든요 그러니 향수를 만들어서 시너지를 붙여 드리고 싶어서요. 게다가 저한테 러닝개런티도 챙겨 주신다네요."

"잠깐만."

유쾌하가 수화기를 들었다. 대한 콤마에 거는 전화였다.

"맞습니다. 닥터 시그니처, 바로 그 조향사의 작품입니다."

유쾌하의 통화가 길어진다. 강토는 숨을 죽인다. 대한 콤마라면 시설이 좋은 곳이다. 15만 병을 생산할 능력도 있다. 하지만 다른 업체들은 규모가 작다. 한 달이 걸릴지 두 달이 걸릴지도 모른다.

"아, 예, 잠깐만요."

통화하던 유쾌하가 강토를 돌아보았다.

"닥터 시그니처, 그 향수 원료는 어떻게 되냐고 묻는데?"

"내일 아침까지 제가 준비할 수 있습니다."

"그럼 가능하대. 사흘 후에 생산이 끝나는 라인이 있는데 그때까지 맞춰 주면 자기들이 인연을 맺어 보고 싶다네. 그렇잖아도 어떤 사람인지 궁금했다는데?"

"고맙습니다."

통화가 끝나기도 전에 유쾌하에게 인사를 전했다.

유쾌하 덕분에 생산 조건도 좋게 받았다. 하루 2만 병 생산 능력을 갖춘 라인이라니 예약 순서대로 발송하면 될 것 같았다.

"고맙습니다."

유쾌하와 오 팀장에게 거듭 고마움을 전했다. 밥이라도 사 드리고 싶었지만 오래 머물 수 없었다. 기왓장의 유지를 걷어

야 했다. 오이 향료에서 알데히드를 제거하는 것도 강토의 일
이었다.

딸각.
하우스 문을 잠갔다.
상미와 이린을 퇴근시킨 것이다.
별다른 이야기는 하지 않았다. 이야기를 하면 둘 다 남을
게 뻔했다.
오이 향료에서 알데히드를 제거하는 동안 라면을 끓였다.
밤을 새울지도 모르니 미리 배를 채우는 것이다.
라면 냄새가 나기 시작한다.
문득 베이컨 냄새가 떠올랐다.
김재한 감독의 말 때문이다.
—라면과 베이컨 냄새.
그가 좋아하는 냄새라고 했다. 출출할 때 맡는 라면의 냄
새 분자는 남자를 환장하게 만들 때도 있다. 거기에 베이컨
굽는 냄새를 곁들이면 어떤 향수가 될까? 그것도 누군가에게
는 시그니처가 될까? 그런 향수를 뿌린 사람이 지나갈 때 먹
고 싶어지면 어쩌나?
아니다.
식욕을 올리는 방법이 될 수도 있다.
강토 머리가 그 향을 기록한다.

상상 속의 대상은 병원 환자들이다.

배가 고프지만 입맛이 없는 환자들. 어쩌면 요긴한 향이 될 수도 있었다.

라면은 단 네 젓가락 만에 해치웠다. 그래도 국물은 거의 다 마셔 주셨다. 국물을 버리는 건 라면에 대한 예의가 아니었다.

라면 냄새가 나니 씻고 양치를 마쳤다. 이제는 좀비 향수를 향해 달려갈 시간이었다.

기왓장에 바른 유지를 회수했다. 꽃을 따듯 정성스럽다. 포마드를 가지고 가열, 냉각, 여과, 증류의 과정을 거쳐 에센스를 얻었다.

쌀 한 알을 얻는 과정과 다르지 않았다. 쌀보다 더 어려운 건 매 단계마다 오염에 신경을 써야 한다는 것. 행여 다른 냄새라도 섞여 버리면 꽝이 되는 것이다.

싱싱한 기왓장 향료를 가지고 마지막 스케치에 돌입한다. 주정에 향료가 들어가기 시작했다. 오직 직관이다. 메탈릭 오이와 머캡탄이 들어가고 인돌과 스카톨이 들어갔다. 흰곰팡이 향이 첨가되자 슬슬 분위기가 살기 시작한다. 이끼와 버섯에 애니멀 향료까지 더하고.

갓 탄생한 기왓장 향을 떨구자…….

"……?"

눈을 감고 직관을 좇아가던 강토가 눈을 번쩍 떴다. 으스스하고 참담한 느낌 때문이었다.

보였다.

한순간의 착각이지만 습습한 어둠 속에 공포와 연민 같은 것들이 아른거렸다.

좋았어.

이제 향조를 다듬는다. 박테리아 냄새를 내는 머캡탄을 조금 더 추가했다. 흰곰팡이 향도 미량 더 넣었다. 기왓장 향 역시 살짝 추가……

다시 눈을 감아 본다.

"……?"

이번에는 더 빨리 눈을 떴다. 오싹한 한기가 제대로였다.

아주 좋았어.

몇 개의 블로터를 적셔 우아하게 시향을 한다.

한들.

블로터가 바람을 일으키자.

참담과 절망감에 몸이 저절로 물러난다.

목숨을 조이는 공포감과는 달리 깜짝 놀라는 데서 그치는 섬뜩함, 연민의 느낌 때문이다. 동시에 시원한 느낌도 있었으니 더울 때 쓰거나 집중할 때 써도 될 것 같았다.

향을 잠시 두었다.

아침이 밝아 올 때 다시 한번 확인을 한다.

후각은 의심하지 않았다. 직관도 의심하지 않았다. 그러나 때로는 확인에 확인을 더하는 게 조향의 미덕이었다.

'좋았어.'

향조는 안정되었다. 이제 포뮬러를 쓸 차례였다. 하우스에서 하는 작업이 아니니 꼭 필요한 과정이었다. 그래도 각 향료의 이름은 밝히지 않았다. 그저 A 향료 얼마, B 향료 얼마, C 향료 얼마 하는 식이었다.

향수는 특허를 내지 않는다.

이유는?

특허를 내면 포뮬러가 공개되기 때문이다.

이런 경우에는 딱히 감추고 싶은 포뮬러도 아니었지만 일단은 업계의 관행에 따랐다.

향을 내준 기왓장은 폐기물처리 업체를 불러 실어 보냈다.

그 작업이 끝나 갈 때 강토 뒤에서 천둥이 울렸다.

"대표님."

두 눈 부릅뜬 상미였다.

"어, 배 실장."

"뭐야? 내가 이럴 줄 알았어."

가방을 놓기 무섭게 추출실을 체크한다.

"밤새웠지?"

"어어? 그게 말이지……."

"아, 진짜. 나 자를 거야? 밤새울 거면 말을 해야지."

"그게 아니고… 좀비 향수 만들어 줄 OEM 회사에서 내일까지 향 원료가 안 들어오면 다다음 달이나 가능하다고 해서… 기다리는 사람들이 한둘이 아니잖아?"

강토가 버벅거린다.

"그래도 그렇지."

"게다가 김 감독님 말이 개봉관이 200개로 늘었대. 이럴 때 향수를 내보내야 시너지가 될 거 아냐."

"아무리 그래도."

"그럼 같이 대한 콤마로 가자. 어제 대략 통화는 했는데 용기를 결정 못 했거든. 우리 석 선생님이 만들기에는 너무 많아서 기성품 중에서 골라야 될 것 같아."

"대신 운전도 내가 한다?"

"그럼 고맙지."

"어우, 하여간… 이제부터는 두 손 다 놓고 좀 쉬어."

상미가 소매를 걷어붙인다. 그런 다음 강토 앞에 따뜻한 장미차를 대령한다. 쏘아보는 눈빛이지만 신뢰의 레이저였다.

"몇 가지 모자라는데? 보관실에서 가져와?"

차를 마시는 사이에 향료 목록을 확인하던 상미가 물었다.

"아니, 그건 대리점에서 대한 콤마로 바로 가져오기로 했어."

강토가 답했다.

주문 건이 무려 15만 병이었다.

향료 확보에는 아낌없이 투자하고 있지만 그만한 분량이 되지 못하는 향료들이 있었다. 하지만 문제없었다. 구하기 힘든 건 강토가 준비를 했고 나머지는 돈만 주면 되는 것들이었다.

　　　　*　　　　*　　　　*

　좀비 향수 라인은 이틀 후부터 돌아가기 시작했다.

　첫 향수가 나오자 강토가 시향을 했다.

　"……."

　강토 표정이 살짝 굳었다.

　자동생산 라인이라는 시스템에 들어가니 리얼한 느낌이 살짝 다운되었다. 손과 기계의 다른 점이었다.

　"진짜 오싹하고 참담하네?"

　"눈 감고 시향 하니까 눈 뜨기가 무서워져요."

　응원차 와 준 유쾌하와 오 팀장의 평은 나쁘지 않았다.

　그렇다고 만족할 강토는 아니었다. 그 자리에서 포뮬러 교정을 했다. 흰곰팡이와 이끼의 비율을 높인 것이다. 그렇게 하자 처음 제품보다 조금 나아졌다.

　"이대로 가시죠."

　강토의 OK 사인이 떨어졌다.

　콤마의 생산 이사가 두 샘플의 분석 결과를 확인했다. 미세하지만 유의미한 차이가 있었다.

　"듣던 대로 후각이 굉장하신 분이군요. 앞으로도 좋은 인연이 되기를 바랍니다."

　이사는 나이에 비해 겸손했다.

처음 나온 제품 100여 개는 하우스로 가져왔다. VIP들의 요청 때문이었다. 그들 대다수는 좀비 향수에 관심이 없었지만 강토의 '작품'이기에 소장용으로 예약을 한 것이다. 다들 빠른 배송을 원하니 퀵까지 동원했다.

상미와 이린을 데리고 포장을 했다.

좀비 향수는 비싸지 않았지만 대량생산이다 보니 돈이 많이 남았다. 첫 대량생산을 기념해 학과에 장학금을 기탁하고 희귀한 향료 구매에 투자를 했다.

상미와 다인, 이린에게 보너스를 안겨 주는 것도 잊지 않았다.

좀비 향수 6일 차 생산 분량이 발송되던 날, 김 감독에게서 낭보가 날아들었다.

─닥터 시그니처, 축하해 주십시오. 좀비의 품격이 다음 주부터 300개 개봉관으로 늘어나게 되었습니다. 좀비 향수가 나오면서 점점 더 탄력을 받고 있어요.

김 감독은 거의 숨이 넘어가고 있었다. 그조차 기대하지 못한 기적이 일어나고 있는 것이다.

"좋은 영화는 결국 소문나게 마련이니까요."

이제 롤스로이스 신모델 차량 향수에 몰입하는 강토, 모든 공을 감독에게 돌렸다.

제3장

—

우디 속살에 꽂힌 레더

봄 햇살은 향수보다도 맑고 그윽하게 퍼진다.

할아버지의 마당에도 그랬고 방 시인의 마당에도 그랬다. 그녀의 마당에는 야생화가 훌쩍 늘어났다. 그 씨를 받아다 하우스 마당에 심었다.

에드몽 루드니츠카를 생각했다. 20세기 조향사 중에서 선두에 꼽히는 그는 커다란 정원에 갖가지 꽃과 나무를 심어 놓고 영감을 받았다.

그를 흉내 낼 생각은 없었다. 하지만 때로는 향료보다 꽃이 더 먹힐 때가 있었고 향수를 만드는 하우스였기에 잘 어울리는 측면도 있었다. 보통 사람들은 후각보다 시각이 먼저 반응하기 때문이었다.

며칠은 레더 향만 만들었다.

실제 신선한 가죽을 가져와 향 추출을 했고 인조가죽 향인 큐어와 어린 송아지 가죽에서 추출한 스웨이드도 썼다. 또 하나는 가죽나물 향이었다.

아무 생각 없이.

네 가지 향을 그냥 맡았다.

외출 후에도 맡고 차에서도 맡고 자다가 일어나서도 맡았다.

마무리 결정을 앞둔 까닭이었다.

플럼, 즉 자두 향료를 부탁하느라 통화한 스타니슬라스와의 대화도 계기가 되었다.

─닥터 시그니처.

"박사님."

─플럼은 내게 맡기고… 나머지 진도는 잘 나가고 있나?

"그럼요."

─이 향수 프로젝트는 비상한 관심을 받고 있네. 알아서 하겠지만 방심하시면 안 돼. 얼마 전에 레이먼드가 그라스를 다녀갔네. 스멜 콘셉트의 알프레도에게서 특별한 향료를 받아 간 것 같더군. 그것은 곧 그의 향수가 완성 직전이라는 암시가 아닐까?

'알프레도?'

강토 머릿속에서 이름 하나가 울림 소리를 냈다.

그는 천연 추출물 연구소를 운영한다. 조향사인 동시에 향 분자 제조자였다. 작은 섬을 몇 개 소유하면서 그가 원하는 꽃이나 식물을 직접 기른다. 레이먼드가 그를 찾아갔다면 이유는 한 가지였다. 카탈로그에 나와 있는 향료가 아니라 새로운 향료를 원하는 것이다.

"저도 그라스로 갈까요?"

강토는 조크로 응수했다. 스타니슬라스를 안심시키기 위해서였다.

—여유가 있어 보이니 좋군.

"그렇잖아도 마무리 단계에 들어가는 중입니다. 플럼이 올 때면 스케치를 뒷받침할 향료 준비가 끝날 것 같습니다."

—아쉽군. 향수는 왜 3D로 전송할 수 없는 건지……

"그러게 말입니다. 아, 플럼은 드라이까지 두 가지로 부탁을 드립니다."

—알겠네. 계속 기대하고 있겠네.

스타니슬라스는 따뜻한 격려를 남겼다.

레이먼드.

강적이다.

몇 년 전만 해도 감히 쳐다볼 수도 없는 클래스였다.

하지만 강토는 그의 네임드에 얽매이지 않았다. 단지 향 분자와의 싸움이 있을 뿐이다. 그럼에도 스타니슬라스의 전화는 채찍이 되었다. 탐구에는 완성이 없다. 그렇기에 더 세밀하게 마무리를 해 나갔다.

이런 경우는 블랑쉬의 시대에도 많았다.

국왕이나 왕비, 공주에게 가는 향수들이 그랬다. 블랑쉬의 실력을 등에 업은 알랑은 왕비와 공주에게 향수를 댈 수 있었다. 그렇기에 다양한 준비를 지시하기도 했다. 화마의 비극이 오지 않았다면 프랑스든 영국의 왕가든 블랑쉬의 향수가 들어갔을 일이었다.

네 가지 후보군을 섞었다. 1—2—3—4로 나눠 한 가지를 섞기도, 전부를 섞기도 했다. 조금이라도 더 좋은 조합이 있다면 찾아야 했다.

그렇다고 목을 매지는 않았으니 가끔은 망중한도 즐겼다.

향을 가지고 노는 것이다.

롤스로이스에서 보내 준 내부 재료들을 잠시 밀어 놓았다. 영감을 위해 냄새를 맡던 중이었다. 벌써 100번도 더 맡은 것 같았다.

강토가 꺼낸 건 혼탁한 알데히드와 카스피렌, 그리고 초콜릿 노트였다.

이 세 가지를 잘 섞으면 샤넬 No.22와 유사한 향이 나온다. 루셀의 토카드도 만들 수 있다. 비스킷 노트에 장미 향, 약간의 메탈릭 노트면 충분하다. 토카드에서는 파우더리한 장미 향이 나지만 그보다는 메탈릭한 느낌이 더 매력이다. 여기도 우디가 있다. 일반인들은 보통 우디와 스파이시에 먼저 반응하지만 잘 맡으면 비스킷 냄새도 아련하다. 네임드 향수들에는 잔향, 즉 숨은 향 찾기의 재미가 있었다.

향수 오르간에 햇빛이 쏟아진다. 아직은 햇살이 그리운 계절이다. 손등에 올라온 햇살을 보다가 건초 노트를 꺼내 시향을 했다. 신선한 건초를 증류하면 한여름 햇빛 냄새가 난다. 요 녀석, 강토의 영감 속으로 들어왔다. 뽀송하고 짤랑거리는 느낌 역시 럭셔리하기 때문이었다.

햇살 한 자락을 대신하는 건초 향료.

'아.'

그런 향료 하나가 떠올랐다. 새로 들어온 향료 이소부틸 퀴놀린이었다. 가죽 향을 지닌 합성향료다. 합성이지만 냄새 분자는 기가 막히게 잘빠졌다. 머스크 없이도 우아하고 깊은 신비감을 준다.

이소부틸 퀴놀린의 가죽 냄새는 매력적이지만 타바코 향도 살짝 지니고 있었다. 그래서 후보군에 넣지 않고 있던 향료였다.

후각은 때로 충동적이다.

그 충동이 영감이 될 때도 있다.

이소부틸 퀴놀린이 그랬다. 확인이나 해 보자 하고 가죽나물 향에 섞었더니…….

"……?"

강토 대뇌에 빡센 울림이 왔다.

살짝 아쉽던 영감이 벼락처럼 반응한 것이다.

가죽나물 향에 이소부틸 퀴놀린.

두 향의 농도를 달리하며 최상의 활성과 조합을 탐구해 나갔다.

5 대 5에서 7 대 3을 지날 때 직관이 왔다.

"……?"

비율을 7 대 3에서 멈추고 미량 조절에 들어갔다. 7.1 대 2.9, 7.2 대 2.8… 그러다 7.3 대 2.7에서 멈췄다. 여기였다. 싱그러운 자연의 가죽 향과 합성향료가 빚어낸 최상의 어코드. 타바코 향은 그윽한 배경의 하나로 내려앉고 우아함에 더불어 신선함이 최고의 활성을 보이는 구간을 찾은 것이다.

그러나 끝이 아니다.

단지 레더 향의 완성에 지나지 않았다. 이소부틸 퀴놀린이라는 분자가 들어옴으로써 다른 향조와의 어코드를 다시 맞춰 볼 필요가 있었다.

문제가 나왔다.

제라늄 쪽이었다. 이소부틸 퀴놀린이 들어가니 제라늄 분자의 활성이 떨어지면서 우디한 느낌이 낮아졌다. 이렇게 되면 전체 어코드가 깨질 수 있었다.

우디 향.

약간의 문제도 그냥 넘길 수 없는 향이다.

가장 쉬운 건 블랑쉬의 샌들우드를 넣는 것이다. 그렇게 되면 비자 열매 향이 처진다. 동시에 개성도 사라진다.

　'그럴 수는 없지.'

　오르간을 바라본다. 우디한 우디 향은 차고 넘쳤다. 하지만 강토가 찾는 건 새로운 우디 향.

　'아.'

　집중하는 강토 후각에 맞춤한 향료가 감지되었다. 마분지 향료였다.

　마분지는 종이다. 그러나 우디 향이 난다. 종이로 만든 향료라 다른 향료에 미치는 영향도 적다. 바로 미량을 풀어 테스트 비커에 떨구었다.

　"……!"

　강토 머리가 확 밝아졌다.

　오픈카를 타고 대자연의 원시림을 드라이브하는 느낌이 제대로였으니 천연향료 이상의 효과였다.

　하트 노트로 쓰인 '천연향료'에 포인트로 녹아드는 '합성향료'의 콜라보.

　더 멋지고 더 매력적인 향을 만들 수 있다면 천연과 합성에 얽매일 필요가 없는 상황이다.

　'루셀의 토카드.'

　강토 머릿속에 들어온 지표였다. 이 향수는 기존의 향과 새로운 것을 믹싱해 또 하나의 세계를 보여 준 사례의 성공적인 예였다.

강토가 못 할 리 없었다.

새롭게 매칭시킨 마분지와 이소부틸 퀴놀린.

강토의 영감에 들어와 반짝이는 보석이 된 것이다.

일단 알레르기 유발 성분 목록부터 체크한다. 알레르기 유발 성분이라고 해서 금지 향료는 아니다. 다만 시비가 될 수도 있으니 미리 체크할 뿐이다.

다행히.

강토가 선택한 향료들은 알레르기 유발 성분 목록에 들어 있지 않았다.

「톱 노트: 자두 향, 제라늄」

「하트 노트: 가죽나물, 비자 열매. 마분지, 페르시콜, 알데히드」

「베이스 노트: 베티베르, 이소부틸 퀴놀린」

수정된 피라미드를 얻었다.

합성향료가 있지만 메인 향을 이루는 하트 노트는 가죽나물 향과 비자 열매 향 등의 천연향료. 가죽나물 향료는 지상에 처음 선보이는 것이니 롤스로이스의 신작 이미지와도 잘 어울렸다.

　　　*　　　　*　　　　*

　치잇.

　강토가 향수를 뿌렸다. 법당 안이었다. 방석 위에 앉아 있던 지승 스님의 눈에 경련이 일었다.

　치잇.

　한 번 더 뿌린다. 이건 침향나무 향이 아니었다. 백단향이다. 고종께서 쓰던 향이라는 말도 덧붙였다. 이미 제대로 된 침향의 맛을 본 지승 스님. 백단향의 위엄을 득도하듯 알아보았다.

　"허어."

　바로 한숨이 나온다. 향에 반했다는 신호였다.

　"이것도 향수란 말이지?"

　스님이 물었다.

　"예, 향과 향수는 본시 한 몸에서 나온 것입니다."

　"닥터 시그니처의 말을 들으니 그렇군."

　강토를 부르는 호칭이 변했다. 스님도 확인을 한 모양이었다.

　"허락해 주시겠습니까?"

　"우리 절 소유지에서 나는 참죽나무의 가죽나물을 다 가져가겠다?"

　"부처님이 드실 것은 남겨야죠."

"가격은 시장가격 이상?"

"예."

"그걸로 향수를 만든다?"

"예."

"다른 조건은 없고?"

"몇 가지가 있습니다."

"말해 보시게."

"나물은 보살님들께서 따신다고요?"

"그래 왔네."

"첫째, 화장은 금물입니다. 향수는 더욱 안 되고, 품질이 좋은 것만 따야 하며 작업하는 대로 즉시즉시 보내 주셔야 합니다."

강토가 옵션을 걸었다. 가죽나물도 산나물이다. 하루라도 묵히게 되면 상하는 것이 많다. 그렇게 되면 좋은 향료를 얻을 수 없었다.

"또 하나는?"

"산나물이 아니라 꽃을 따듯 정성껏 따 주셔야 합니다."

"부처님 모시듯이 따라는 거로군?"

"그럼 고맙죠."

"둘 다 큰 문제 될 건 없네. 지금도 시장으로 내는 나물은 해 뜨기 전에 따서 보내는 데다 가족이 먹는다 생각하고 정성껏 따고 있으니까."

"그러셨군요."

"그리고 돈은 필요 없네. 가능하면 이 향수를 만들어다 주시게."

스님이 오우드 향수까지 꺼내 놓았다.

"그래도 되겠습니까?"

"아침에 내 스승께서 다녀가셨네. 향수를 맡게 해 드렸더니 머리에 해가 들어오는 것 같으시다더군. 마음 같아서는 드리고 싶었는데 쓰던 것이라 차마 그러지 못했네."

"그건 말씀대로 하고, 오늘 분량의 나물은 제가 같이 따 가겠습니다."

강토가 마무리를 했다.

"이린, 준비됐어?"

강토가 법당을 나왔다.

"네."

이린이 주먹을 쥐어 보이며 각오를 다졌다.

스님이 나와 보살 세 명을 붙여 준다. 강토의 당부를 세세히 전하더니 스님도 나물 채취에 동참을 했다.

참죽나무.

이 나무는 대나무처럼 위로만 자란다. 광택을 번득이며 새순이 올라온 가죽나물 향은 아주 오묘했다. 색감도 자줏빛인가 하면 초록이고 연두색에 갈색도 돈다. 그렇기에 부드러운 가죽 냄새가 나는 걸까?

보살들에게 맡겨도 되지만 강토가 나선 데는 이유가 있었다. 가죽나물이라고 다 같은 게 아니었다. 강토는 향이 진한 것들만 골라서 땄다. 롤스로이스에 보낼 샘플 향 용도였다. 햇살이 잘 들고 나무가 튼실한 것들. 그중에서도 주변의 향을 곱게 빨아들인 나무가 대상이었다.

　잠시 쉬는 시간, 이린이 다가와 강토의 가죽나물을 코에 대본다.

　"어때?"

　강토가 모른 척 물었다.

　"하나만 가지고는 모르겠는데 한가득을 놓고 보니 냄새가 더 진하고 좋은 거 같아요."

　"맞아. 장미의 경우에도 다 같은 장미라지만 향은 조금씩 다르거든. 향수에서는 그 조금이 굉장한 차이를 만들 수 있으니까."

　"이게 롤스로이스 신모델의 시그니처가 된단 말이죠?"

　"그래. 이린이도 손길을 보탠 거야."

　"대표님······."

　이린의 볼이 진달래처럼 붉어졌다. 저 고운 마음도 향수에 담긴다. 자연 향료의 위엄은 다른 데 있지 않았다. 사소하지만 아름다운 것. 그것들이 모여 인공 향료로는 구현하지 못하는 향을 만드는 것이다.

＊　　　　＊　　　　＊

"대표님."

하우스에 도착하자 상미가 반가운 물건을 내밀었다.

자두 향료의 도착이었다.

자두와 말린 자두, 그리고 자두꽃의 세 가지였다.

가죽나물을 내려놓고 자두 향부터 맡았다.

밀봉을 열고 콧결을 스쳐 본다.

흐음.

달콤하고 상긋한 비누 냄새 같은 향이 후각망울로 들어온다. S급은 아니어도 A급은 되었다. 시중에 유통되는 B급이나 C급 저급 향은 아니니 스타니슬라스의 안목이었다.

감사 인사부터 드렸다.

―건투를 비네.

스타니슬라스는 응원으로 화답했다.

강토가 채취한 가죽나물 위주로 향 추출에 들어갔다. 자두 향까지 확보하자 신바람이 난 것이다. 그러나 서두르지는 않았다. 향은 보이지 않는 영혼이다. 함부로 다루면 그 빛깔을 잃어버린다.

시계를 보았다.

오늘은 SS병원에 갈 일이 있었다. 장리에 과장의 수술실용 향수를 전할 타임이었다. 먼저 가져간 한 병을 다 써 버렸다는 연락이 왔기 때문이었다. 가는 길에 작은아버지도 만날 생각이었다. 장리예의 향수를 챙겨 들 때 태홍이 찾아왔다.

"선생님."

성치 않은 두 발로 강토보다도 빠르게 걸었다.

"너, 설마?"

강토가 축을 세웠다. 태홍에게서 장미 향이 났기 때문이다. 몸이 아니라 손가락과 입이었다. 이 녀석, 테스트용으로 준 향수를 손으로 찍어 먹어 본 모양이었다.

"헤에, 선생님은 아시는구나?"

태홍이 입맛을 다신다.

"너, 그 향수를 먹은 거야?"

감을 잡은 상미가 닦아세운다.

"후각만으로는 알쏭달쏭하길래 미각을 동원해 보았어요."

태홍이다운 천연덕스러운 대답이 나왔다.

"그래서? 설마 다 알아냈다고 온 거냐?"

"정답 한번 맞혀 보려고요. 좀비 향수 하나 더 받고 싶거든요."

"너, 잠도 안 잤지?"

상미가 캐묻는다. 눈동자 때문이었다. 태홍의 눈에는 피로가 한가득이었다.

"베티 줄 좀비 향수가 필요해서요."

"대표님."

상미가 강토를 돌아보았다. 검증에 들어갈까 묻는 것이다. 강토는 당연히 수락을 했다. 예약 손님 파일을 정리하던 이린도 관심이 쫑긋 섰다.

"좋아. 그 향수 안에 들어간 원료가 뭐 뭐야?"

"한 가지요. 장미예요."

태홍이 시원하게 질러 나갔다.

"……?"

상미가 다시 강토를 돌아본다. 단숨에 맞혀 버린 답 때문이었다. 태홍에게 준 건 장미 향이었다. 일본의 츠바사가 10여 종의 장미를 동원해 만든 것처럼 서로 다른 특성을 가진 장미를 섞었다. 웬만한 후각의 소유자라고 해도 아래의 답이 나올 일이었다.

「바이올렛에 재스민, 푸르츠와 복숭아, 히아신스, 그리고 모스와 몰약, 사향 등등의 냄새가 나요.」

그런데.

태홍은 그걸 다 넘어 버렸다.

장미.

그 핵심만을 건져 낸 것이다.

"틀렸나요?"

태홍이 강토를 바라보았다.

"장미 냄새밖에 안 나냐?"

강토가 짐짓 물었다.

"냄새는 여러 가지예요. 꽃도 있고 과일에 또 다른 오묘한 냄새들… 하지만 결국은 장미의 분신술이라는 생각이 들어서 요."

"……."

"틀렸군요. 그럼 다시 해 볼게요. 이 향수, 조금만 더 주시겠 어요?"

태홍이 빈 병을 내밀었다. 그 손에 좀비 향수를 안겨 주었 다.

"어?"

태홍의 얼굴이 환하게 퍼졌다.

＊　　　　　＊　　　　　＊

"선생님?"

"정답이다."

"네?"

"장미 향 맞아. 서로 다른 향을 내는 장미 향을 합친 거야. 그러니 여러 냄새가 날지언정 다 장미라는 꽃에서 온 냄새였 다."

"진짜요?"

"그래."

"아싸."

태홍이 주먹을 쥐고 부르르 경련을 한다. 좀비 향수를 내주자 이제는 아예 자지러진다.

"그렇게 좋냐?"

"그럼요. 베티한테 자랑할 수 있잖아요?"

"말 나온 김에 그것도 한번 맞혀 봐라."

강토가 좀비 향수를 뿌렸다.

치잇.

태홍이 바로 눈을 감는다.

"오옷……."

바로 반응하는 태홍이다.

"무섭다……."

"……."

"그리고 좀 복잡해요. 흙냄새, 이끼 냄새, 그리고 기왓장 냄새도 있는 듯?"

"……?"

"맞아요?"

태홍이 눈을 떴다.

"거기까지는."

"하루만 주세요. 제가 고민 좀 해 볼게요."

"아니야. 또 밤새울지 모르니까 당분간은 워킹에 외국어 연습."

"알겠습니다."

태홍이 인사를 남기고 사라졌다. 볼 때마다 에너지가 차오르는 태홍이었다.

"우와, 거의 남경수급인데?"

상미가 혀를 내두른다. 많이 개선되었지만 아직도 조향사급 후각은 아닌 상미. 그렇기에 후각이 좋은 사람을 부러워하는 마음은 변하지 않았다.

"뛰어나지?"

"응, 개부러워."

"태홍이 꿈이 변하지 않으면 유럽으로 보내야겠어."

"지보단?"

"차량 향수 끝나고 스타니슬라스 박사님 만날 기회 생기면 상의해 보려고."

"잘되면 좋겠다. 처음에는 좀 그렇더니 요즘은 붙임성이 좋아서 괜히 챙겨 주고 싶거든."

"나도."

태홍이 사라진 대문을 바라보았다. 다리가 없는 대신 후각이 좋은 태홍. 하지만 저맘때 아이들은 꿈이 자주 변한다. 노래 잘한다고 다 가수가 되는 건 아닌 것처럼.

호기심이 아닌 진짜 꿈으로 버닝되길.

강토는 지켜볼 뿐이었다.

* * *

"앗."

SS병원에서 내리던 강토가 후각을 가다듬었다. 굉장히 반가운 냄새가 풍긴 것이다.

'페리, 셰리?'

후각을 가다듬는다. 의심의 여지가 없었다. 두 비글은 병원 안에 있었다.

냄새를 따라간다. 그러자 비글의 냄새가 더 강하게 풍겨 왔다.

월월.

코너에서 두 비글이 등장했다. 강토 냄새를 맡고 맹렬히 돌진하는 중이었다.

"페리, 셰리."

강토가 두 팔을 뻗었다. 두 비글은 날아오르듯 강토 품에 안겨왔다.

"잘 있었냐?"

월월.

"오늘 뭐야? 암 진단 있었어?"

비글들에게 물을 때 관리사가 다가왔다.

"진단은 아니고요, 인터뷰 요청이 있어서요. 요 녀석들이 왜 난리인가 했더니 선생님 오셨군요?"

"그러셨군요. 인터뷰는 끝났나요?"

"네, 방송국에 유튜브에… 제법 의젓하게 출연을 했습니다."

"그랬겠죠. 페리와 셰리라면……."

"미국에서 활약 중인 애들 엄마 아빠와의 조인트도 했어요."

"그랬냐?"

강토가 두 비글의 턱을 얼러 주었다.

"선생님은 무슨 일로?"

"아, 장리에 과장님 좀 뵈려고요, 저희 작은아버지도 같이……."

"그러시군요. 그럼 다음 조기진단 때는 합류하시는 건가요?"

"그래야죠."

강토가 웃었다. 지난번에는 일정 때문에 조기진단에 오지 못했다. 그래서 더 반가운 비글들이었다.

"페리, 셰리, 그만하고 가자. 선생님 바쁘시다."

관리자가 비글의 목줄을 잡았다.

월월.

비글들이 투정을 한다. 강토와 있고 싶은 것이다.

"착하지. 오늘은 그만 가고 다음에 보자."

강토가 애정을 퍼부어 비글들의 아쉬움을 달래 주었다.

"어서 와요."

장 과장의 진료실에 들어서자 그녀가 반색을 했다. 그녀는 수련의와 대화를 하던 중이었다.

"안녕하셨어요?"

"바빠서 못 오면 내가 갈까 했어요."

"한 병은 맡겨 놓은 것과 같았으니 제가 가져다 드려야죠."

"아유, 매너도 좋고… 여기 좀 앉아요."

장 과장이 소파를 권했다.

"향수는 여기 있습니다."

강토가 병을 꺼내 놓았다.

치잇.

향수를 받기 무섭게 허공에 뿌려 보는 장 과장.

"어때?"

그 소감을 수련의에게 물었다.

"더 좋은 거 같은데요?"

"이게 더 숙성된 거야. 두 병 맞추길 정말 잘했네."

대화를 하던 장 과장이 강토에게 말머리를 돌렸다.

"우리 한 선생, 비장에 문제가 생겨 적출 수술을 받은 후로
비위가 상했어요. 퇴원 후에 복귀를 했는데 수술 때마다 애를
먹길래 내가 이 향수 맛을 보여 주었지요. 그랬더니 나보다도
더 좋아하잖아요? 그래서 향수가 좀 일찍 떨어졌어요. 수술
이 많은 것도 있었고……."

"네……."

"그래서 말인데 이 향수 몇 병 더 만들어 주세요. 우리 각

두 병씩?"

장 과장이 수련의를 돌아본다. 수련의는 끄덕, 고갯짓으로 공감을 표했다.

"그렇게 하죠."

"비용은 전과 동일한가요?"

"예."

"고마워요. 오늘 중으로 입금시켜 드릴게요."

"아무튼 도움이 되었다니 좋네요."

"나도 그래요. 나는 물론이지만 우리 한 선생이 내가 아끼는 후배인데 이걸로 해결이 되니 어찌나 뿌듯하던지……."

"……."

"그래, 오늘은 이것 때문에 일부러 온 건가요?"

"아닙니다. 작은아버지도 뵐 겸 겸사겸사 왔습니다."

"아무튼 우리 향수 잊지 마세요. 둘이 쓰면 이것도 오래 못 갈 거예요."

장 과장의 당부를 들으며 복도로 나왔다.

"어머, 닥터 시그니처."

작은아버지 진료실로 가자 간호사 하 샘이 열광을 한다.

"작은아버지 계세요?"

"진료 중이세요. 금방 끝나니까 앉으세요."

그녀가 자리를 권한다. 일단 미니어처부터 내밀었다.

"어머, 어머, 어머."

하 샘이 자지러진다. 그녀는 강토 향수 마니아였다.

"고마워요."

그사이에 환자가 나왔다.

"과장님, 닥터 시그니처 오셨어요."

하 샘이 진료실을 향해 소리쳤다.

"파킨슨?"

"네."

작은아버지와 마주 앉은 강토가 고개를 끄덕였다.

"그때 알려 준 그대로야. 대개는 나이 먹은 후 발병하지만 젊은 사람도 발병이 가능해. 주로 유전적인 요인 때문인데 그렇잖아도 내가 우리 뇌신경외과 과장에게 따로 확인한 거거든."

"죄송하지만 환자들 좀 볼 수 있을까요?"

"냄새 맡게?"

"네, 전에 한 번 맡은 적이 있는데 확인할 게 있어서요."

"그 사람이 친구야?"

"아뇨, 고객이신데 하도 반발이 심해서요. 저도 공부를 겸해서……."

"복부 내과 장 과장이 네 칭찬을 하던데? 수술실 스트레스 해결했다고."

"향수를 만들어 드렸는데 만족하시네요. 방금 시그니처 건네 드리고 오는 길이에요."

"알고 보면 네가 우리 병원의 언성 히어로구나?"

"저도 재미나고 좋은데요 뭐."

"내가 데리고 가고 싶은데 환자가 밀려서 말이야, 진료 봐야 하니까 하 샘이랑 가 봐라. 의국장에게 연락해 둘 테니까 궁금한 거 있으면 더 물어보고. 하 샘."

작은아버지가 하 샘을 불러 지시를 내렸다.

"서 샘, 이분이 누군 줄 알아?"

뇌신경외과에 들어선 하 샘 목에 힘이 들어갔다.

"누구신데?"

"닥터 시그니처."

"어머, 그 향수 박사님?"

간호사 데스크의 서 간호사가 소스라친다.

"자기네 파킨슨 환자 있지? 병실 좀 알려 줘."

"그건 왜?"

"개인정보 같은 거 걱정 말고 알려 줘. 닥터 시그니처는 복도에서 냄새만 맡을 거니까."

"암만 찾아내는 게 아니라 파킨슨병도 냄새로 아서?"

서 샘이 황당한 표정을 짓는다.

"파킨슨병뿐만 아니라 자기가 어제 회식 때 오바이트한 것도 다 아서. 그러니까 더 까기 전에 어서."

하 샘이 귀에 대고 속삭이자 서 샘 볼이 빨갛게 변했다.

"여기예요."

하 샘이 엘리베이터 좌측으로 이어지는 복도를 가리켰다. 몇 군데 병실은 문이 열려 있다. 왼쪽은 남자 환자, 오른쪽은 여자 환자 병실이다. 여자 환자들에게 집중했다. 어느 병실 환자가 중증이고 경증인지는 이미 들었다. 그 중증과 경증의 냄새 차이를 확인하려는 강토였다.

소독약 냄새와 비릿한 피 냄새 분자를 비껴 내고 머스크 냄새를 찾아낸다. 경증의 머스크는 확실히 미세했다. 그러나 중증으로 가면 그 냄새가 확연해진다. 그렇다고 해도 강토의 기준이었다. 다른 사람이 알 리 없다.

"선생님, 머스크 향 알죠?"

강토가 하 샘에게 물었다.

"알죠. 저 그 향수도 좋아해요."

"머스크 냄새 안 나요?"

"글쎄요……."

코를 벌름거려 보지만 그녀에게 느껴지는 건 병원 냄새뿐이었다.

"유전적 요인의 파킨슨이라면……."

마지막으로 들른 곳은 신경외과 의국이었다. 의국장이 컴퓨터를 뒤지기 시작했다.

"1104 병실 환자네요. 처음에는 다른 질환으로 의심을 받다가 5개월쯤 후에 파킨슨 진단을 받았어요."

5개월.

그 말을 듣고 복도로 나왔다.

이제는 하 샘도 돌아가고 없었다.

다시 한번 1104 병실 앞으로 향했다. 주인공은 22살의 여대생이었다. 문틈으로 나오는 그녀의 머스크 향은 우췬페이의 그것보다 살짝 진했다.

'그렇다면 3~4개월.'

추진진의 결혼식보다 앞이다.

기준을 잡으니 마음이 편했다.

파킨슨병 냄새를 가진 사람을 병원 밖에서 만난 건 처음이었다. 추진진과 각별한 우췬페이. 추진진에게는 미리 귀띔을 해 두었지만 확실하게 챙겨 두는 강토였다.

이 노력은 이틀 후에 적용이 되었다.

영감을 다듬고 있을 때 국제전화가 들어왔다.

우췬페이였다.

—여보세요?

그녀의 언어는 영어였다.

—나 지금 상하이교통대학병원이에요.

목소리가 몹시 까칠했다.

"그러시군요."

—기억나요? 내가 파킨슨병인 것 같다고 했던 말.

"네……."

―당신 덕분에 시간과 돈만 허비했네요. 오늘 재진단 결과가 나왔는데 제대로 정상이랍니다.

"우쳔페이 님……."

―됐고요, 의사도 아닌 사람이 함부로 말하지 마세요. 당신이 중국 사람이면 손해배상이라도 청구할 텐데 추진진이 신뢰하고 결혼식 향수까지 맡았다니 그냥 넘어가는 줄 아세요.

"진료비가 문제면 제가 낼 수 있습니다."

―지금 그게 핵심이 아니잖아요?

"우쳔페이 님."

―끊어요. 당신과는 더 할 말 없어요.

딸깍.

매정하게 통화가 끝났다.

웃픈 미소가 나왔다.

그래도 그 마음은 이해가 되었다. 설령 강토가 그 입장이라도 그랬을 것이다.

현재 상태 멀쩡.

그런 사람에게.

당신, 파킨슨병이네요.

…라고 말한다면 누가 넙죽 받아들일 것인가?

더구나 의사도 아닌 조향사였다.

하지만.

강토 역시 물러서지 않았다. 의사건 조향사건 진리는 진리인 것이다.

추진진에게 전화를 걸었다.

사연을 설명했다.

—저도 우췬페이 전화를 받았어요.

추진진은 살짝 난감한 모양이었다. 그녀는 강토를 믿는다. 그러나 둘 중 하나를 선택하라면 역시 우췬페이였다. 그녀는 친구이자 동업자, 나아가 협력자였던 것이다.

"전에 제가 한 말 기억하시죠? 이번 검사에는 진단이 안 나올지도 모른다는……."

—그 말도 해 주었어요. 하지만 우췬페이가 워낙 방방 뛰고 있어서…….

"저도 그럴까 싶어서 파킨슨병을 가진 분들에게 확인을 했습니다. 4개월입니다. 딱 4개월 후에 한 번만 더 검사를 권해 주세요. 몰랐으면 몰라도, 알게 된 바에야 그냥 넘어갈 수 없는 일 아닙니까?"

—4개월… 기억해 둘게요.

"고맙습니다."

—하지만 좀 착잡하네요. 당신이 맞으면 우췬페이가 파킨슨병에 걸리는 것이니… 실은 우췬페이가 제 결혼식 때 사회를 볼 예정이거든요.

"그쪽 전문가에게 확인했는데 조기 발견을 하면 치료가 쉽다고 합니다."

―그건 낭보네요. 알았어요.

추진진의 목소리가 살짝 밝아진다. 그것으로 위로가 되는 강토였다.

편안한 마음으로 조향 오르간 앞에 앉았다.

롤스로이스 측에서 받은 차량 재료를 꺼냈다.

뒤이어 후각으로 향료를 랜덤 호출 한다.

상큼한 허브와 시트러스가 선율을 따라 움직인다. 라벤더와 바질, 로즈마리의 잔물결 위에 샌들우드와 캠퍼, 시더우드의 악센트가 웅장하게 이어진다. 유향과 사향, 용연향이 연주의 끝을 향해 달린다.

라임과 오렌지에 자몽을 넣는다. 베르가모트까지 더하면 봄날 아침의 향기가 된다. 그것으로 코를 씻어 내고 스케치 메모를 꺼내 놓았다.

그 메모를 따라 향료를 늘어놓는다.

그때 핸드폰 화면이 밝아졌다. 스타니슬라스의 문자였다.

[레이먼드의 작품이 완성되었다는 통보가 왔다고 하네.]

문자는 짤막했다.

핸드폰을 밀어 놓고 향료의 줄을 세웠다. 동요 따위는 없었다. 레이먼드는 그의 향수를 만들고, 강토는 강토의 향수를 만들 뿐.

―자두 향, 제라늄, 가죽나물 향, 비자 열매 향, 페르시콜, 알데히드, 마분지 향, 베티베르, 그리고 이소부틸 퀴놀린.

향료 뚜껑을 열어 놓고 아홉 향료들에게 인사를 한다.

안녕.

이제 연주의 시작이야.

다들 잘 부탁해.

이 연주의 핵심은 가죽나물 향과 비자 열매 향이다.

가장 포근한 가죽과 가장 편안한 우디 향.

최고 품격의 롤스로이스 신모델을 위한 향수의 여정이 시작되었다.

*   *   *

향수.

간단히 말하면 냄새다.

냄새는 색과 마찬가지로 우리 몸에서 일어나는 생물학적 현상의 하나다. 분자가 가지고 있는 고유한 속성이 아니라는 것이다. 우리 몸의 세포는 냄새 분자와 접촉하기 무섭게 냄새를 느낀다. 즉각적이고 무조건적이다.

전자를 빌어 설명하자면, 최외각전자층에 접촉하는 순간 냄새를 식별해 버린다.

그러나 냄새에 대한 조건은 다양하다. 개인적인 취향은 물론이고 나이와 성별, 계절도 참고 사항이 된다. 대다수의 젊은 층은 그린이나 시트러스 노트를 선호한다. 30대에서 40대로 가면 플로럴과 시프레에 더 호감을 느낀다. 그러다 50대가 넘으면 묵직한 오리엔탈과 시프레 노트를 반긴다.

계절별로도 구분이 된다. 봄이 오면 청아한 프루티와 플로럴 노트가 많이 팔린다. 여름에는 시트러스와 알데히드, 마린 노트가 대세를 이루고 가을에는 시프레와 플로럴 노트, 겨울에는 오리엔탈 노트가 주 무대를 이룬다.

샌들우드 향료를 꺼냈다.

네 가지였다.

—블랑쉬의 보물 샌들우드 향.

—천연 샌들우드 향.

—합성 샌들우드 향.

—웨스트 인디언 샌들우드 향

웨스트 인디언 것만 빼면 얼핏 향이 같아 보인다. 그러나 그 품질은 블랑쉬의 샌들우드를 기준으로 SSS급에서 바로 A와 C로 내려가 버린다. 특히 웨스트 인디언 샌들우드 같은 경우는 샌들우드의 향과 닮았을 뿐 짝퉁 나무에 속한다. 샌들우드라고 팔리는 캔들 우드도 마찬가지다.

찐 샌들우드는 인도의 마이소르(Mysore) 산에서 자란다. 세계 생산량의 90%에 가깝다. 제대로 된 샌들우드 향은, 예를 들면 블랑쉬의 보석처럼, 남성 페로몬인 안드로스테론의 머스크 향과 더불어 우드, 발삼 향, 심지어는 벌꿀 향까지 풍긴다. 한마디로 상쾌하면서도 감미롭다.

향의 잔존 기간도 넘사벽이다. 제대로 된 샌들우드 향은 적어도 수년을 간다.

그러나 이 나무는 나무늘보만큼이나 느리게 성장한다. 그렇기에 공급량이 턱없이 모자라니 주문 발주를 내고도 5년 이상 기다려야 한다.

화학자들이 이런 매력을 그냥 지나칠 리 없다. 만들기만 하면 초대박이다. 합성 향이 나오기 시작한 배경이었다.

샌들우드의 주성분은 Z—베타 산탄롤이다. OH기가 달린 이 녀석의 분자구조는 사슴의 형태를 닮았다. 그러나 화학자들은 경제적인 합성법을 찾지 못했다. 한 향료 화학자의 기록을 보면 알 수 있듯 그 여정은 험난했다. 그의 실험 기록에는 45종류의 분자를 쓴 종이가 계속 반복되고 있다. 여기서의 분자 하나는 초임 화학자 한 명이 일주일간 실험을 해야 나오는 과정이다. 즉 종이 한 장만으로도 한 화학자가 일 년 동안 실험해야 하는 분량인 것이다.

그러나 모든 것이 정도만 가는 것은 아니다.

향수에 있어서도 더 좋은 향을 얻기 위해 품질이 조악한 향료를 첨가하는 경우가 있는 것처럼 샌들우드도 정공법보다 비정공법에서 빛이 들어왔다.

「오시롤」

이게 주인공이었다. 오시롤은 샌들우드의 법칙에 부합하지 않지만 어쨌든 샌들우드 냄새를 풍겼다. 트랜스 이소캠필과 사이클로헥사놀(6)도 진한 샌들우드 향을 가지고 있다. 메틸 그룹과 하이드록실 그룹을 혼합해서 만드는 것도 가능하다.

그러나 그것들은 화학적으로 샌들우드 향을 닮은 것이지 천연의 샌들우드 향은 아니었다. 천연의 향은 단순히 주성분이나 열쇠 성분만으로 표현할 수 없었다. 화학자에게는 중요하지 않을 수 있어도 조향사에게는 중요했다.

강토는 강토의 방식으로 샌들우드를 만들 수 있었다. 페닐에틸알코올에 갈바늄, 초산벤질을 배합해서 만드는 히아신스처럼 간단하다. 머스크와 우드, 발삼 향과 벌꿀, 버섯, 이끼와 약간의 흙냄새면 되는 것이다. 그러나 엄밀하게 말하면 그건 샌들우드 향이 아니었다.

샌들우드.

요리 보고 저리 봐도 신모델 차량 향수에서 빠질 수 없는 아이템이었다.

그럼에도 불구하고 비자 열매의 향에 직관이 끌렸다. 샌들우드처럼 상쾌한 냄새가 난다. 유니크하다는 강점도 있다.

출발은 여기부터였다. 작은 비커를 놓고 주정을 채웠다. 블랑쉬의 샌들우드 향을 미량 떨군다. 오르간 주변은 단숨에 숲의 축복으로 휩싸인다. 블랑쉬 시대의 샌들우드는 현대의 나무와 또 달랐다. 그야말로 산업화로 오염되지 않은 순백의 향인 것이다.

그렇기에 그 냄새로 기준을 잡는 건 너무나 당연했다.

다음으로 비자 열매 향을 출격시켰다. 샌들우드가 빛나는 눈부심이라면 비자 열매는 소탈하고 인상적이다. 화려하지는 않지만 소박한 맛이 있었다. 거기 가죽나물 에센스를 떨군다. 블로터를 하나 찍어 놓고 마분지 향을 추가했다. 그것까지 블로터로 찍어 둘을 비교했다.

좋았어.

강토 표정이 밝아진다.

이번에는 이소부틸 퀴놀린을 떨구고 역시 블로터를 찍는다.

첫 작업의 마무리는 페르시콜이었다. 미량을 넣고 살짝 흔든 후에 또 블로터를 담갔다가 건져 올렸다.

이소부틸 퀴놀린이 들어간 블로터는 신성함이 느껴졌다. 의식을 흔드는 정도는 아니지만 분위기는 괜찮았다.

그렇다면 페르시콜까지 넣은 향은 어떻게 다를까?

"……?"

이건 살짝 실망이었다. 본래 계산한 양보다 두 배가량 더 넣고 다시 블로터를 찍었다. 강토 입술 끝이 귀를 향해 움직인다. 활력이 제대로 느껴졌다. 향수에 탄력이 붙은 것이다.

여기서 또 호기심이 붙는다.

이소부틸 퀴놀린까지 진행한 비커에 페르시콜을 대신해 용연향을 넣었다. 페르시콜은 활력이다. 영(Young)과 액티브를 강조하는 신차의 이미지와 부합한다. 그러나 활력의 대명사는 지구가 뒤집혀도 용연향이었다.

"……!"

향을 맡던 강토 미간이 살짝 구겨진다.

용연향은 오버였다. 언밸런스한 활력이랄까?

이번에는 양을 줄여 본다.

이제는 괜찮다.

그럼에도 강토는 용연향을 밀어 놓았다. 이 조합에는 아무래도 페르시콜이 적임자였다. 용연향을 넣으면 더 깊은 맛이 나지만 너무 쉬운 길이 되는 것이다.

이제 향에 깊이를 입혀 본다.

제라늄이 들어간다. 바로 우디 향에 악센트를 준다. 향이 와일드하고 따뜻해지니 약간은 중성적인 느낌도 든다. 강토의 의도였다. 차량은 사물이었다. 너무 남성적인 것도 너무 여성적인 것도 바람직하지 않았다.

이제 알데히드와 베티베르 차례였다.

알데히드는 홀짝이 존재한다. 홀수의 알데히드, C9와 C11에서는 밀랍 냄새가 나고 짝수의 알데히드에서는 감귤 냄새가 난다. 당연히 감귤 냄새가 나는 짝수만을 동원했다. 이건 향료 전체를 업그레이드시키는 용도였다. 향수에서 알데히드를 쓴다면 대개가 이 목적이었다.

마무리는 베티베르의 몫이다. 베티베르는 보기보다 능력자다. 투하되기 무섭게 이소부틸 퀴놀린의 기능 하나를 강화시킨다. 바로 신성한 느낌이었다. 알데히드가 놓친 업그레이드 요소를 먹살 캐리 하면서 신성한 느낌을 코팅(?)시켜 준다. 가벼운 톱 노트부터 무거운 베이스 노트까지 예외는 없었다.

이리 와, 이리 와.

하나하나 핀셋처럼 끌어안는 것이다.

아주 좋았어.

향에 생동감이 느껴졌다. 그저 여러 향료를 섞은 게 아니라 모두를 합쳐 새로운 향으로 탄생시킨 것이다.

그렇다고 끝이 아니다.

이제 자두 향, 플럼이 남았다.

세 가지를 받았으니 각각 실험을 진행했다. 레더와 우디의 제국에 알맞은 플럼은 건조시킨 자두 향에 자두꽃을 더하는 게 좋았다. 달달한 감미로움에 깊은 기품이 서리니 향의 느낌이 들뜨지 않았다.

테스트 향은 '거의' 완벽했다.

'후우.'

심호흡을 하고 롤스로이스 차량 부속 재료에 코를 묻는다. 재료의 냄새는 강토의 코 안에서 뭉게뭉게 피어오른다. 상상 속에서 차량 넓이의 면적을 만들었다. 그 면적에 강토가 만든 향을 대입시킨다. 직관의 구체화였다.

'우디……'

그게 조금 딸렸다. 얼마나 보충할지는 이미 머리에 그려졌다. 나머지 향료도 하나하나 체크를 한다. 이소부틸 퀴놀린부터 플럼까지.

좋았어.

그제야 비로소 강토가 두 눈을 떴다.

직관대로 손을 움직인다.

후각은 그보다 더 빨리 앞서갔다. AI처럼 계산하고 판단하는 것이다.

톡.

베티베르에 이어 제라늄과 자두 향을 떨굼으로써 첫 조향을 끝냈다.

그런 다음, 롤스로이스에서 보내 준 내부 재료들을 한 조각씩 담갔다. 플라스틱류와 가죽, 그리고 목재들이었다. 아무리 좋은 향도 내부 소재와 조화를 이루지 못하면 악취가 되고 만다. 달콤한 포도 향의 리치 향을 냄새나는 레스토랑에 뿌리면 악취가 되는 것과 같은 이치였다.

그대로 방치했다.

마지막 과정이었다.

조향실을 나오자 매장은 비어 있었다. 어느새 자정을 넘은 것이다. 테이블에 상미의 메모가 보였다.

「방해가 될까 봐 투명 모드로 퇴근하는 2인」

품.

그걸 보고 웃었다. 상미의 재치 덕분에 피로가 씻겨 나갔다.

마당으로 나오니 하늘의 별들이 쏟아진다. 별빛에 실려 오는 가죽나물 향이 느껴졌다. 추출실에서 나는 것이지만 고개는 저절로 화란사 쪽으로 향한다.

또 할 일이 생각났다.

*　　　*　　　*

"아우, 이렇게 고마울 데가."

샌들우드 향수를 받아 든 지승 스님은 좋아 어쩔 줄을 몰랐다. 이른 아침, 강토가 달려온 것이다. 가죽나물의 향을 따라온 강토였다.

스님이 오우드나 샌들우드 향수를 원하므로 그걸 가지고 왔다.

샌들우드에는 다른 향을 조금 첨가했다. 백합목과 언더카버톨로 만든 보리수 향이었다. 수행자를 위한 것이니 주제에 알맞은 향을 더해 주었다.

"시향을 해 보시죠."

강토가 블로터를 내밀었다.

"아닐세. 스승님께 드릴 것이니 스승께서 시향을 하셔야지."

스님이 고개를 저었다. 처음에는 그렇게도 과묵하고 엄격하더니 이제는 동자승의 해사함마저 엿보인다. 마음이 순수해졌기 때문이다. 덕분에 사납던 체취도 가죽나물처럼 부드럽게 변했다.

"과연 세상은 넓은 곳이군. 닥터 시그니처의 향 덕분에 안개 자욱하던 내 시야가 터졌어."

"향을 높이 쳐 주시니 고맙습니다."

"오늘도 가죽나물을 따려나? 이제 한창때를 지나고 있는데……"

"나물은 오늘까지만 따겠습니다."

"그럼 나가시게나. 나도 돕겠네."

"예, 스님."

군말 없이 스님을 따라나섰다. 절에서 생활하는 보살 두 사람이 합류를 했다.

올해의 마지막 가죽나물.

앞으로도 일주일 정도는 문제없지만 절정을 지나고 있었다.

톡.

튼실하게 맺힌 새순을 자르며.

쪽.

키스로 고마움을 전했다.

강토의 숙제를 풀어 준 고마운 참죽나무들에게.

"저한테 전화하시지 그랬어요?"

하우스로 돌아오자 이린이 어쩔 줄을 모른다.

"갑자기 향이 당기길래……."

"내일도 가실 거예요?"

"아니, 여기 가죽나물은 오늘로 끝."

"대표님……."

"그런 표정 짓지 말고 이거 가져가서 추출 시작."

"알겠습니다."

지시를 받은 이린이 움직인다.

상미는 보고만 있다. 그녀도 처음에는 이린처럼 당황했다. 동기라지만 하우스의 대표인 강토였다. 같은 멤버 대우를 받지만 상미는 알고 있다. 이 하우스의 기둥은 강토라는 것. 그런 강토가 밤을 새우거나 늦게까지 일할 때면 미안함에 어쩔 줄을 몰랐다.

하지만.

이제는 그렇지 않았다.

괜히 돕겠다고 알짱거리는 건 강토의 영감을 방해하는 일이었다. 혼자 있으려 할 때는 혼자 있게 하는 것. 그게 강토를 제대로 보좌하는 일이었다.

이 아침에도 그런 지시가 나왔다.

"나 나올 때까지 찾지 말아 줘."

커피콩을 챙긴 강토가 남긴 말이었다.

다른 때보다도 진지했다.

조향 오르간 앞의 강토가 테스트 중이던 롤스로이스의 향을 음미한다. 차량의 내부 재료까지 섞인 향은… 안정적이었다. 주변 향들과 제대로 어울린 것이다.

좋았어.

직관과 영감이 가슴을 치고 들어왔다. 이제는 더 두고 볼 이유가 없었다.

비로소 가죽나물 에센스를 열었다. 비자 열매 에센스도 그 옆에 찬란했다. 가만히 두 향에 집중한다. 그러다 커피콩을 집어 코 안의 냄새를 씻어 낸다. 그렇게 서너 번을 반복하더니 마침내 주정이 든 비커를 당겨 놓았다.

조향이 시작되었다.

「비자 열매부터 이소부틸 퀴놀린까지」

강토는 아홉 향료들의 노래를 듣는다. 완전한 무아였다. 오감이 영감 속의 스케치를 촘촘하게 따라간다. 직관이 선택하는 향료의 양은 스케치의 포뮬러에서 미세하게 변한다.

비커 속에 레더와 우디의 제국이 바로 서기 시작한다. 몇 가지 되지 않는 향료지만 깊고 깊은 우디의 향, 그린과 스위트, 스파이시의 합창을 다 갖춰 버린다.

우직하게 달리던 우디와 부드럽게 펼쳐지던 레더가 한 점에서 만난다.

두 향의 어코드는 처음부터 하나로 조성된 듯 보였다. 레더 향의 우디인가 싶으면 우디 향의 레더가 되었다. 그 안에서 새로운 향조를 길어 올린다. 신성이다. 이소부틸 퀴놀린과 베티베르의 만남은 강토의 손끝에서 또 다른 조화를 일으켰다. 갓 잘라 놓은 통나무의 신선함에 끼쳐 오는 푸근하기 이를 데 없는 레더의 품격. 잔향으로 이어지는 우아함은 합성향료로 이룬 것이라고는 상상할 수 없을 정도로 높고 유니크한 격조였다.

여기에.

알데히드가 들어가 한 번 업그레이드.

톡.

플럼으로 악센트를 찍어 주니…….

"……."

강토의 숨결이 거기서 멈췄다.

완벽한 어코드를 이룬 향수 분자가 무의식과 자아, 초자아를 넘나들기 시작한다. 이것은 향수가 아니었다. 이것은, 그 자체로 또 하나의 세계였다. 그린을 넣지 않고도 창출한 그린, 스파이시를 넣지 않고도 이룬 오묘한 스파이시 잔향. 샌들우드를 쓰지 않고도 그 이상의 세계를 이룬 것이다.

작은 비커 안에 탄생한 새로운 향수의 세계……

축복이라도 하듯 햇살 한 자락이 창문을 넘어와 비커 위에 올라앉았다.

그 빛이 어찌나 시리던지…….

이렇게 롤스로이스의 신모델 전용 향수를 완성하고 마는 강토였다.

*   *   *

"어서 오십시오."

강토가 방문하자 지사장이 반가이 맞았다. 강남에 있는 롤스로이스 매장이었다. 안에는 두 명의 고객이 구매 상담을 하고 있었다. 한 고객은 사춘기의 딸과 함께였고 또 한 고객은 아내와 여동생을 동반하고 있었다.

"향 테스트를 좀 하고 싶어서요."

강토가 목적을 밝혔다. 이번이 세 번째 방문이었다.

"오늘은 어떤 차를 보여 드릴까요?"

지사장이 물었다. 그는 언제나 그랬다. 이유는 묻지 않았다.

"방향제가 약한 차면 됩니다."

"그럼 이 차가 제격이군요. 좀 오래된 모델이거든요."

지사장이 구석의 전시 차량을 가리켰다. 강토가 다가서자 직원이 문을 열어 주었다. 강토가 탑승을 했다. 차량에는 방향제의 분자들이 조금 남았다. 오존을 뿌리고 문을 닫아 놓았다.

20분 경과 후.

강토가 다시 탑승을 했다.

치잇.

담담하게 향수를 뿌렸다. 향의 분자들이 차량 안으로 퍼지기 시작했다. 분사는 고르게, 그러나 지나치게 하지는 않았다. 알맞은 농도가 되었다고 판단될 때 다시 내렸다.

잠시 숨을 고르고 문을 열었다.

흐음.

천천히 후각을 열어 본다. 플럼의 달달함이 먼저 들어온다. 다음은 레더의 안락함이다. 그 뒤로 우디의 친숙함이 이어진다.

자두나무 아래.

강토가 앉았다.

포근한 가죽 시트의 의자였다. 그 주변으로 원시의 숲이 병풍을 이룬다. 싱그러운 바람이 분다. 싱싱한 나무를 방금 쪼개 놓은 듯 쾌적하기 그지없는 활력의 바람이다. 의자에 앉은 사람의 품격이, 힐링 레벨이 단숨에 솟는다.

힐링.

품격.

쾌적.

안락.

강토가 부여한 향수의 의미가 저절로 몸에 붙는다. 여자만 침대에서 향수의 옷을 입는 게 아니었다. 차량의 주인들도 향수의 옷을 입는다.

가만히 눈을 떴다.

여기까지는 강토의 느낌이었다.

그러나 이 향수는 강토가 누릴 것이 아니었다.

"지사장님."

차에서 내려 지사장을 불렀다.

"필요한 게 있습니까?"

그가 다가왔다.

"한번 탑승해 보시겠습니까?"

강토가 차량을 가리켰다.

"알겠습니다."

지사장이 운전석으로 들어갔다.

탁.

문을 닫아 주었다.

주변을 돌아보던 지사장이 가만히 눈을 감는다. 강토의 시선도 이제 고객 쪽으로 돌아갔다.

"역시 롤스로이스네요. 내부 냄새부터 다르잖아요?"

두 고객이 보는 건 로스트와 컬리넌이었다. 차량 가격만 무려 5억여 원에 육박한다. 고객들은 시승부터 VIP 대접을 받는다. 강토 후각도 같이, 그들 차량의 내부 냄새를 체크한다.

좋다.

플라스틱 소재의 냄새는 낮추고 레더와 우디의 냄새는 높였다. 하지만 최상은 아니었다. 강토 기준으로는.

그러나 두 고객은 롤스로이스가 처음이다. 높은 기대감 때문에 기분이 들떠 있다. 가장 민감한 건 한 고객이 데려온 여고생 딸이었다.

"역시 명품이다. 차가 냄새부터 다르잖아?"

그녀는 이미 롤스로이스의 포로였다. 나이는 약 17세. 사춘기 소녀다. 그녀의 반응은 거의 열정적이었다. 나이 때문이었다. 사춘기의 소녀들은 향기에 민감하다. 특히 17세부터 20세까지가 그랬다.

강토 시선이 또 다른 고객에게 향한다. 차를 구매하러 온 고객은 40대 후반이었다. 그 아내 곁에 앉은 남자의 여동생은 30대 중반으로 보인다.

여동생.

남자의 여자 형제들.

강토 입가에 미소가 번져 갔다.

강토는 알고 있었다. 향수에 있어 남자의 여자 형제들이 어떤 장점을 가지고 있는지.

그런데.

이들은 시간이 많은 것 같지 않았다. 상담 테이블의 분위기를 보니 곧 끝날 것 같다. 남자가 찾는 신차종이 전시장에 없는 모양이었다.

강토가 지사장을 돌아본다.

"……!"

안을 보니 그는 거의 잠들어 있었다. 강토에게는 만족스러운 일, 그러나 더 확인할 게 있으니 창문을 두드렸다.

"죄송합니다."

지사장이 차에서 내렸다. 굉장히 개운해 보였다.

"어이쿠, 내가 15분이나……."

시계를 보더니 당황한다.

"혹시 새로 개발 중인 향수입니까?"

"네."

"아하… 이것 참… 차에서 내리기가 싫을 정도로 매력적이었습니다. 뭐랄까요? 원시림 속에 놓인 쾌적한 가죽 소파에 앉은 기분이랄까요? 요란하지 않으면서도 친숙한? 마치 그리운 집에 온 느낌이랄까요? 아, 시인이 아니라 설명하기 힘드네요."

지사장이 혀를 내두른다.

그는 원래 베테랑 판매 사원이었다. 홍콩에서 시작해 미국과 영국 시장을 거쳤다. 그 공로를 인정받아 한국 지사장으로 부임했다. 그렇기에 롤스로이스는 물론, 전 세계의 고급 세단 전체에 정통한 사람이었다.

"부탁이 하나 있는데요?"

"말씀하세요. 뭐든지."

"저기 두 고객님들 말입니다. 이 차에 시승시켜서 소감을 들어 볼 수 있을까요?"

"그런 거라면 문제없죠."

지사장이 바로 걸음을 옮겼다.

"내부 냄새를 좀 평가해 주셨으면 해서요."

지사장은 정중했다. 차를 가리키자 소녀와 아버지가 응해 주었다.

"대박, 향이 너무너무 좋아요."

잠시 후에 내린 소녀, 활력의 향료 페르시콜처럼 열광했다. 그녀의 아버지 역시 좋은 평가를 내렸다.

이번에는 여동생을 동반한 고객의 차례였다. 그는 바쁜 것 같았지만 5분이면 된다는 부탁에 시승을 수락했다.

그런데.

5분이 지나도 내리지 않았다.

"……?"

지사장이 강토를 돌아보았다.

그냥 두세요.

강토가 눈으로 말했다.

그들은 10분 정도가 지나서야 차에서 나왔다.

"어떻습니까?"

지사장이 물었다.

"다른 건 몰라도 내부 냄새는 압권이네요. 냄새가 마음에 들어서인지 신차 모델들보다 더 안락하고 쾌적한 느낌입니다."

고객의 평가가 나왔다. 그 뒤로 이유가 따라붙었다.

"제 여동생이 저한테 어울리는 향에는 귀신이거든요. 우리 집사람도 인정하는 건데, 여동생 말이 차라리 이 모델을 사는 게 어떻냐고 그래요? 잠깐 앉아 있는 것만으로도 힐링이 되는 것 같다고."

"죄송합니다. 실은 향 테스트 중이라… 이 차의 모델에 이 향이 장착된 게 아니거든요."

지사장이 설명했다.

"그럼 이 향이 장착된 차종이 뭐예요? 우리 오빠는 그 차로 가져다주세요."

여동생의 주장이 나왔다.

"그건……."

"왜요? 오래 기다려야 합니까?"

고객이 물었다.

"아무래도 그럴 것 같습니다."

"오빠, 그래도 이 차로 해. 조금 기다리면 되잖아?"

여동생이 쐐기를 박는다.

고객들이 떠난 후에 강토가 롤스로이스 문을 열었다. 마치 숲의 문을 여는 기분이다. 뿌려 둔 시간이 지나면서 잔향이 더 활성화된 것이다.

탁.

문을 닫고 전시장을 나왔다.

마지막 체크의 끝.

노란 방개차 앞에서 롤스로이스 본사의 담당자에게 전화를 걸었다.

"롤스로이스 신모델 차량 향수, 완성되었습니다."

*　　　　*　　　　*

짝짝짝.

강토가 들어서자 박수 세례가 쏟아졌다. 교외에 위치한 김재한 감독의 작은 정원이었다. 그냥 보면 마당이다. 하지만 정성껏 가꾸었으니 정원으로 불려도 이상할 게 없었다.

입구에 핀 건 하얀 배꽃이었다.

마당 안에 배나무.

약간은 부조화처럼 느껴지지만 이곳의 내력을 알면 그런 말을 하지 못한다. 김 감독의 집터는 과거에 배나무 과수원이었다. 그 인근도 전부 그랬다. 그는 과수원집 아들이었고, 이번에 만든 영화도 배 과수원을 팔아서 사 두었던 상가를 팔아 제작비를 댔던 것이다.

배 향기.

강토가 구상하던 향수의 하나다. 그래서 더 반갑게 들어설 수 있었다.

"오빠."

안에는 현아가 있었다. 좀비의 품격에 나왔던 주연배우와 좀비 역의 배우들도 보였다.

"어서 와요."

김 감독은 대환영이었다. 그의 아내와 딸까지 환대를 해 주 니 얼굴이 붉어지는 강토였다.

"닥터 시그니처십니다."

감독이 모두를 향해 한 번 더 외쳤다.

짝짝짝.

박수가 더 뜨거워진다.

그들만의 파티 메뉴는 시원한 막국수였다. 김 감독이 직접 만든 것이라는데 새단새단한 게 맛깔스러웠다.

"우리 개봉관이 400개로 늘어났지 뭡니까? 지난 주말까지 무려 400만 명을 찍었어요."

감독은 좋아 어쩔 줄 모른다.

"닥터 시그니처 덕분에 저랑 동고동락한 배우들에게 러닝 개런티 푸짐하게 챙겨 줄 수 있게 되었습니다. 이걸 기회로 우리, 다시 뭉치려고요. 그래서 감사 인사도 드릴 겸 모셨습니다."

김 감독의 체취는 굉장히 달아올라 있었다. 왜 아닐까? 손익분기점이 80만 명이었던 영화가 400만을 찍었다. 게다가 아직도 맹위를 떨치고 있다. 미국의 좀비 블록버스터가 520만을 찍은 데 비하면 기적에 가까운 스코어였다.

그래서 잠시 들른 강토였다.

이 초대 전화는 유리공예를 하는 석은결을 만나던 중에 받았다. 롤스로이스 신모델의 향수를 담을 용기를 상의하던 중이었다. 심사용이라지만 아무 용기에나 넣을 수 없었다. 향수가 하나의 옷이라면 용기는 향수의 얼굴이었다.

"그래서 저희가 보답도 할 겸 선물을 준비했습니다."

김 감독이 현아를 바라본다. 선물은 그녀 손에서 나왔다.

순금으로 된 좀비상이었다. 무게로 보아 1,000g은 되어 보였다.

"감독님?"

강토가 김재한을 바라보았다. 이미 러닝개런티를 보장받은 바였다. 그러니 또 선물을 받는 건 부담스러운 일이었다.

"저한테 뭐라 하지 마세요. 솔직히 이 건은 우리 주연배우들이 저를 협박한 겁니다. 자기들도 보답을 하고 싶다고 기회를 만들어 달라고 말입니다. 아, 뭐 해? 닥터 시그니처께서 나를 의심하잖아? 빨리들 이실직고 안 해?"

감독이 배우들을 다그친다. 여배우 입에서 설명이 나왔다. 진심이 엿보이니 반박 불가 모드가 되는 강토였다.

"그럼 저도 여러분들 다음 작품을 위해 향수 선물 좀 하고 가겠습니다."

강토의 선물은 그들의 차량에 주어졌다.

치잇.

롤스로이스 샘플 향수를 뿌리고 문을 닫았다. 5분쯤 지난 후에 그들의 등을 밀었다. 마음이 급한 사람은 바로 유리창을 내리며 환호했고 현아와 김 감독은 20분도 더 지나서야 내렸다. 그들 모두가 한결같이 입을 모았다.

"차에서 내리기 싫어요."

돌아오는 길, 롤스로이스 본사에서 연락이 들어왔다.

—닥터 시그니처?

"네."

강토의 언어는 영어였다.

—심사 일정이 잡혔습니다.

"……?"

—비행기표를 보내 드리겠습니다.

통화는 간단했다. 기분은 더없이 담담해졌다. 하우스가 가까워질 때 로베르토의 전화가 이어졌다.

"박사님?"

—잘 계시죠? 롤스로이스의 통보는 받았습니까?

"네, 방금……."

—레이먼드도 오게 될 겁니다.

"네……."

—미리 말씀드리지만 스타니슬라스 박사나 나는 심사에 관여하지 않습니다. 솔직히 말하면 누가 심사를 할지도 모릅니다. 미치도록 궁금하지만 저 또한, 심사가 완전히 끝난 후에나 닥터 시그니처의 향수를 접하게 될 것 같습니다.

"네……."

—기분은 어떻습니까?

"담담합니다."

—그렇군요. 개인적으로는 부디 당신이 위너가 되어 광고 속에서, 롤스로이스 차에서 만날 수 있기를 바랍니다.

로베르토의 당부였다.

하우스에 도착해 이메일을 열었다.

롤스로이스가 보내 준 티켓이 보였다. 목적지는 영국, 웨스트서섹스 주 굿우드에 위치한 본사. 출발은 3일 후였다.

"대표님……."

강토 설명을 들은 상미와 이린이 바짝 굳어 버린다.

다른 향수와 다른 경우였다. 지금까지 강토의 향수는 OK 속에서 움직였다. 그러나 이 향수는 Half OK였다. 최종 승자의 자리가 굿우드에서 결정되는 것이다.

상미와 이린은 강토의 분투를 지켜보았다. 그렇기에 당연히 채택되기를 바라지만 상대는 유럽의 별 레이먼드 조향사. 네임 밸류만으로 보자면 강토가 서너 단계나 아래였다.

잠시 후에 꽃바구니가 도착했다. 한국 지사장이 보내 준 꽃이었다.

「채택을 기원합니다.」

메시지는 짤막했다. 꽃은 글로리오사였다. 이 꽃의 꽃말은 '영광'이다. 생명력이 강하다. 그러나 꽃의 다른 이름이 더 인상적이었으니 바로 Fire bird, 즉 불새였다. 가만히 보면 불새가 비상하는 것처럼 보인다. 한국 지사장의 바람을 알 수 있었다.

「고맙습니다. 불새처럼 날아 보겠습니다.」

강토가 보낸 답이었다.
10억이냐 3억이냐?
위너는 10억의 채택료를 받고 탈락자는 3억의 채택료를 받는다. 그러나 강토에게 중요한 건 10억이 아니었다.
유럽의 별이라는 레이먼드.
주제를 정한 향수로 만났다.

그렇더라도.

그 별에 가려지고 싶은 마음은 없었다.

전혀.

제4장

—

런던을 홀리다

"대표님."

영국으로 출발하기 전날 다인이 올라왔다. 이린 때문이었다. 언젠가는 가 봐야 할 가의도였다. 그러니 강토가 영국으로 가는 3박 5일 동안 내려보낼 생각이었다.

"권 실장, 오느라 힘들었지?"

"아니, 대표님이 영국 간다는 소리 들으니까 셀프 아몬드 향이 뿜뿜 나오더라고."

하우스에 들어선 다인은 활기가 넘쳤다. 강토도 그 영향을 받았다. 싱그러운 바다 냄새에 오염되지 않은 들풀과 봄꽃 냄새. 거의 가의도를 품고 온 수준이었다.

"아이고, 촌티 내기는……."

상미가 애정 어린 태클을 걸었다.

"뭐야? 그새 나를 외부인 취급하네?"

다인이 인상을 썼다. 둘의 만남은 늘 그랬다. 티격태격하는 것 같지만 들여다보면 알콩달콩한 관심과 우정이었다.

"이린아, 외부인 차 한잔 드려라. 자기 입으로 외부인이라니 어쩌겠어."

"그래. 텃세 실컷 부려라. 그래 봤자 이린이는 이제 내가 데려간다."

"그래야 일요일까지라고. 어차피 다시 올 건데, 뭐."

"뭐야?"

다인이 다시 인상을 쓰자 상미의 공세가 차 대접으로 바뀌었다.

"향은 많이 추출했냐?"

"됐거든, 삐짐. 안 마심."

"대표님이 새로 만든 향 차인데도?"

"어, 진짜?"

상미의 유혹에 다인은 1초도 수비를 하지 못했다. 냉큼 차를 비워 내더니 바로 강토에게 들이대기 시작한다.

"향은? 나 시향 좀 안 돼?"

"안 되지."

강토도 슬쩍 배짱을 부린다.

"아, 진짜… 이러면 나 가의도 안 갈래. 배 실장 보내."

다인이 볼멘소리를 낸다.

"권 대표님은?"

강토가 주제를 살짝 돌려놓는다. 다인의 아버지 안부를 묻는 것이다.

"잘 계시지. 새벽에는 낚시하고 낮에는 화초 가꾸시고……."

"새로 심은 꽃 종자들은 잘 크고?"

"당연히 잘 크지."

"다른 애로는 없나?"

"없지, 배 실장이 나 왕따시키는 거 말고는."

"배 실장은 나도 왕따시키는데 뭐."

"진짜?"

"아무튼 와 줘서 반갑기는 한데 다시 내려가려면……."

"무슨 상관이야? 놀며 놀며 가도 대표님 영국 비행시간 반이면 될 텐데. 게다가 가는 길에 이린이도 있고……."

"하긴……."

강토가 웃었다. 런던까지의 비행시간을 보니 대략 12시간이었다.

"흠흠, 그런데 어디서 불 냄새가?"

상미가 다인에게 다가섰다.

"어쭈? 후각 좀 좋아졌는데? 나 침지 작업 하느라 가마솥에 장작불 때다가 왔거든."

다인이 눈을 부라린다.

잠시 자리를 비웠던 강토가 돌아왔다.

"이거."

다인이 봉투를 내밀었다.

"뭐냐?"

"우리 아버지가 전해 주래. 공항에서 햄버거라도 사 먹으라고."

"이러시지 않아도 되는데……."

"아무튼 받아. 그냥 가져가면 나 또 깨지거든."

"고맙다고 전해 드려."

군말 없이 챙겼다. 사양한다고 그냥 물러설 다인도 아니기 때문이었다.

"그럼 다녀올게. 권 실장은 잘 쉬었다가 내려가고."

"바로 가야지. 대표님도 없는데 배 실장 텃세를 어떻게 견디겠어?"

다인이 슬쩍 상미를 갈궈 준다.

"대표님, 새벽 출발이라 피곤하시겠어요?"

이린이 가방을 챙겨 준다.

"이린이도 가의도 잘 다녀오고."

"네."

"그럼 다녀올게."

강토가 가방을 받았다.

"대표님."

상미가 앞을 막는다.

"왜?"

"유럽이라고 기 안 죽을 거지?"

"그야 당연하지."

"당연히 그래야지. 레이먼드는 혼자지만 대표님은 4인분이야. 나, 권 실장, 그리고 이린이까지."

"……"

"그럼 오늘 밤 푹 자고 잘 다녀와. 하우스는 우리가 철통처럼 지키고 있을게."

상미가 힘을 실어 주었다.

세 사람의 지지를 받으며 방개차에 올랐다. 시동을 걸면서 힐금 다인의 차를 바라본다. 가의도를 누비고 다니느라 자연물이 들었다. 헛간 냄새에 분뇨 냄새도 묻었다. 하지만 이제는 괜찮을 것 같았다. 적어도 당분간은.

"잘 다녀와."

"잘 다녀오세요."

함성에 가까운 성원을 받으며 골목을 나왔다.

영국까지 12시간.

여정은 3박 5일.

아침 6시 반에 출발하는 비행기라 도착하면 저녁이다. 그러나 런던은 한국보다 9시간 느리다. 오전 10시 반이 되는 것이니 바로 롤스로이스로 들어가기로 했다. 롤스로이스의 비즈니스가 끝나면 르네상스 시대의 건물이나 물건을 돌아볼 계획이었다. 메리언과의 패션쇼를 위해서는 그 냄새가 필요했다.

그보다 먼저 할 것 하나.

오늘 밤 꿀잠을 자는 것.

같은 시간, 차에 오르던 다인은 뜻밖의 냄새에 석고상처럼 굳어 버렸다.

"뭐야? 가의도의 깊은 숲속 같은 이 냄새?"

다인이 상미를 돌아본다.

"뭐겠냐? 네가 시향 하고 싶다고 했던 향수지. 영국으로 데려가는 그 향수를 뿌려 주고 간 거잖아?"

"우와, 나는 그냥 가는 줄 알았는데……."

"죽이지?"

"이미 죽었다. 우리 대표님, 진짜 인간이 아니라니까."

"내 말이……."

"레이먼드 해치우고 오겠지?"

"당연하지. 대표님 앞길 막으면 레이먼드고 뭐고 다 죽어."

상미가 주먹을 쥐어 보인다.

"흐음……."

운전석의 다인은 그새 눈이 풀려 버린다.

'계집애…….'

상미가 슬쩍 문을 닫아 주었다. 좋은 향수에는 제대로 취하는 게 좋다. 가의도로 가는 길. 이런까지 있으니 몇십 분 늦는다고 문제 될 것도 없었다.

*　　　　*　　　　*

이른 새벽, 짐을 챙겼다. 필수품인 향수 가방이 먼저였다. '우디 속살에 꽂힌 레더'가 우선이고 다른 샘플들도 고루 챙겼다. 기타 몇 가지 향료들도 넣는다. 향을 설명할 자리가 생기면 필요하기 때문이었다.

할아버지의 배웅을 받으며 내비게이션에 대고 목적지를 말했다.

"영국."

내비게이션이 인지하지 못하지만 수정하지 않았다. 강토의 목적지는 영국이 맞았다.

"장도비다. 선물은 절대 사양."

할아버지가 창문 너머로 봉투 세 개를 밀어 넣었다.

"할아버지."

"나는 배달하는 것뿐이다."

할아버지가 오리발을 내민다. 하나는 작은아버지 것이고 또 하나는 방 시인의 것이었다.

"저 없다고 밥 굶으시면 안 돼요."

"걱정 마라. 나 요즘 끼니 건너뛰면 붓 잡을 힘도 없으니까."

할아버지는 절대 지지 않는다. 골목으로 나와서도 강토의 차가 사라질 때까지 들어가지 않았다. 그런 할아버지를 위해 골목에서 살짝 '빠꾸'를 감행했다.

"할아버지."

집으로 들어가려던 할아버지가 놀라서 돌아본다.

"서비스예요. 사랑해요."

고함 한마디를 날리고 다시 전진.

할아버지가 환하게 웃는 모습이 백미러에 오래 남았다.

차는 공항 장기 주차장에 멈췄다.

출입국 자동 심사대를 통과하자 영국에서 전화가 걸려 왔다.

―정시 이륙인가요?

그쪽 담당자가 물었다. 공항으로 차편을 보낼 예정이란다.

"그럴 것 같습니다."

―알겠습니다. 스케줄에 맞출 테니 딜레이가 된다거나 하면 메시지를 부탁합니다.

통화는 짧았다.

면세점 구역으로 나오니 화장품 냄새가 코를 찔러 왔다. 안에는 여자들이 가득했다. 코로나가 위세를 떨칠 때는 면세점이 그립다는 말도 많았다.

향수 냄새가 진해지기 시작한다. 입구에 선 판촉 사원들 덕분이었다. 블로터를 들고 지나가는 여자들을 유혹한다. 하지만 그는 너무 질러 나갔다. 마케팅용으로 고른 향수가 플로럴이 아니라 시프레와 마린이었다. 휴양지로 가는 사람들은 푸른 바다를 꿈꾼다. 그 콘셉트에 맞춘 것 같지만 여기는 바다가 아니었다. 안으로 들어섰다. 향수와 립스틱, 파운데이션 등의 향이 뒤섞인다.

하지만.

향수 감상은 제대로 하지 못했다. 매대 앞으로 다가서면 바로 반응하는 판매원들 때문이었다. 조금만 느긋하게 기다려 주면 좋을 텐데… 미국의 향수 상점이 그립지만 아쉽게도 여기는 한국이었다. 미국식으로 고객을 응대하면 점주에게 페널티를 받기라도 하는 걸까?

입구로 나갔다. 거기가 차라리 좋았다. 탑승 시간이 될 때까지 느긋하게 향수를 마셨다. 이건 배가 부르지도 않는 먹거리(?)니까.

탑승 게이트로 향할 때였다.

중년의 여성이 강토를 스쳐 갔다. 강토가 돌아보았다.

오랜만에 맡아 보는 어머니 향이었다. 어머니가 쓰던 비누와 같은 걸 쓰는 모양이었다. 그 자리에 서서 비누 향이 사라질 때까지 맡았다. 어머니도 응원을 온 걸까? 왠지 기분이 좋았다.

*   *   *

"여깁니다."

탑승을 하자 승무원이 좌석을 안내해 주었다. 일등석이다. 게다가 1번 좌석이었다. 1번 좌석에 특별한 메리트가 있는 것은 아니지만 롤스로이스 쪽에서 서둘렀다는 뜻은 되었다.

일등석일 거라고는 생각도 하지 않았다. 그런데 돌아보니 일본에 갈 때도 일등석이었다. 최고의 향수를 만드는 조향사에 대한 저들의 대우를 알 것 같았다.

비행기 방향제가 코에 들어온다.

'에스테르와 조화를 이룬 락톤.'

어느새 익숙해지는 냄새였다.

핸드폰을 꺼냈다.

[저는 잘 다녀옵니다]

할아버지부터 챙겼다.

[기념품 신청 환영]

하우스 멤버들도 챙겼다.

그런 다음에 노트북을 세팅했다. 그때 기내 잡지가 보였다. 소제목 중에 'Perfume'이 보였다. 반가워서 펼쳐 보았다. 거기 강토 사진이 있었다. 한국의 향수 공방들을 소개하는 기사였다. 한 달 전에 들은 상미의 말이 떠올랐다. 서나연 기자의 소개로 온 잡지 기자가 사진을 찍어 갔다는 말이었다. 강토 사진을 원하기에 두 장 보냈다는 말도 있었다. 그게 이 기사인 모양이었다. 강토의 향수 오르간도 보인다. 나머지는 제이미와 주디 등의 사진이었다.

뜻밖의 곳에서 반가운 기사를 보니 기분이 좋아졌다. 그 기세로 노트북의 파워를 켰다.

「우디 속살에 꽂힌 레더」

제목 하나가 워드프로세서 위에서 반짝거렸다. 상미가 지은 신모델 차량 향수의 이름이었다. 엄연히 강토의 작품이었다. 그러니 이름을 붙이는 건 당연하다는 주장이었다. 저쪽에서 채택하고 말고는 부차적인 문제였다.

제목 후보는 이것 말고도 많았다. 상미는 롤스로이스식으로 두 개의 제목을 꺼내 놓았다. 강토는 이걸 찜했다. 이린도 두 개를 가져왔지만 상미 것만 못했다.

우디의 속살.

나무 본연의 냄새를 강조하기 위해 동원한 표현이었다. 재미난 동시에 이미지가 선명했다. 강토가 그리려던 향에 거의 근접하는 것이다.

심사의 과정은 여전히 비밀이었다. 강토와 레이먼드를 완전히 배제하려는 건지 아니면 작품 설명의 기회를 주려는 건지

조차.

개의치 않았다.

향수는 사실 직관이다. 냄새를 맡는 순간, 이미 호불호가 갈린다. 후각적으로 보자면 심사 위원들의 체취도 영향을 미친다.

인간의 후각에도 지문이 있다. 어떤 향수를 뿌리든, 어떤 화장품을 바르든, 그 냄새가 가신 후의 체취는 언제나 같다. 한 사람의 체취를 결정짓는 조직 형질. 즉, 주조직적합복합체는 신체의 대다수 세포와 연결이 된다. 후각세포 또한 세포이기에 여기로 귀결이 된다. 이런 사람들은 자신의 조직 형질과 다른 냄새에 끌리는 경향이 있다. 이성 관계에서도 마찬가지다.

멋진 이성의 셔츠조차 불결해하는 사람이 있지만 이성의 셔츠를 입고 자는 사람도 있다. 후자라면 그 셔츠가 조금 더 럽더라도 문제가 되지 않는다.

그러나 채택의 주체는 롤스로이스였다. 신모델이라면 6억을 호가할 것이다. 어쩌면 10억이 될 수도 있었다. 그런 상품의 이미지를 좌우하는 향수를 결정하는 자리라면 향 전문가가 올 것이 틀림없었다. 그런 사람들이라면 조직 형질의 특성에 좌우될 리는 없었다.

─승객 여러분, 저는 여러분을 런던으로 모시고 갈 기장입

니다.

안내 방송이 나오더니 비행기가 활주로로 나갔다.
바로 이륙을 했다.

[정시 이륙합니다.]

롤스로이스 본사의 담당자에게 메시지를 날리고 핸드폰을
비행기모드로 바꿨다.
그런데.
이륙한 지 5분도 되지 않아 승무원들이 술렁거렸다. 고참
승무원들이 이코노미석으로 몰려가더니 마침내 사무장까지
출동을 한다. 다들 여기저기를 두리번거리며 코를 벌름거린
다. 눈치를 보니 사고가 생겼다. 그것도 대형 사고였다.
바로 뒷좌석의 승객이 사무장을 부른다. 아까부터 각별한
대우를 받던 사람이다. 몇 마디 말로 판단하자면 그는 청와대
고위직이었다. 그들의 대화 중에 회항 고려라는 말이 나왔다.
강토가 승무원을 불렀다.
"무슨 일입니까?"
"……."
처음에는 대답하지 않았다. 하지만 다시 묻자 겨우 단서가
나왔다.

"죄송합니다. 기내에 원인 불명의 타는 냄새가 나는데 어디서 나는 냄새인지 찾을 수가 없습니다. 그래서 긴급 점검 중입니다."

"원인 불명의 냄새요?"

"뭔가 타는 냄새가 나는데 몇 군데를 점검해도 원인이 나오지 않습니다. 조금 더 체크해 보고 다시 말씀드리겠습니다."

"잠깐만요."

강토가 고개를 돌렸다. 냄새는 맞았다. 이코노미 쪽이었다.

"이코노미석 쪽이군요?"

"맞아요."

"죄송하지만 제가 한번 가 보겠습니다."

"위험합니다. 그냥 앉아 계세요."

"제가 조향사거든요. 다른 사람보다 후각이 좋으니 냄새 정도는 어디서 나는지 알 수 있습니다. 잠깐이면 됩니다."

강토가 잡지를 펼쳐 보였다. 강토 사진이 있었다. 조향사의 후각은 굉장하다는 문장도 있었다.

"뭐죠?"

사무장이 다가왔다.

"이분이 원인 불명의 냄새를 찾아보겠다고 하세요. 조향사시라고……."

승무원이 잡지를 건네준다.

"잠깐이면 됩니다. 1분도 걸리지 않아요."

강토가 안전벨트를 풀었다. 사무장은 잠시 고민했다. 그러나 이 잡지는 그들 항공사에서 낸 것이었다. 믿을 수밖에 없었다.

"따라오세요."

사무장이 앞장을 섰다.

이코노미 쪽은 살짝 어수선했다. 승무원들의 행동이 예사롭지 않은 것이다.

"이분들입니다."

뒤쪽 화장실이 가까운 곳에서 강토가 걸음을 멈췄다. 사무장이 돌아보았다. 강토가 가리키는 건 영국 승객 여섯 명이 앞뒤로 앉은 좌석이었다.

"모닥불 냄새가 심한 편입니다. 확인해 보세요. 이 냄새죠?"

강토가 사무장에게 속삭였다.

"실례합니다. 흠흠⋯⋯."

양해를 구한 사무장이 승객들의 냄새를 맡았다. 그들이 찾던 냄새가 맞았다. 설마 승객들에게 나는 줄은 몰랐으니 엉뚱한 곳을 찾아 댄 것이다.

"혹시 탑승 전에 모닥불을 피우셨나요?"

강토가 대신 물었다.

"예, 우리가 새벽까지 캠프파이어를 했거든요."

"씻지 않고 바로 탑승하셨죠?"

"예, 시간이 촉박해서⋯⋯."

대답하는 남자의 옷과 머리에서 타는 냄새가 풍겨 나왔다. 그 안쪽의 승객들은 냄새가 더 심했다. 그런 사람이 여섯 명. 그러다 보니 승무원이 이 부분을 지날 때 타는 냄새를 맡은 것이다.

상황을 눈치챈 주변 승객들의 핀잔이 나왔다.

"이야, 덕분에 살았습니다. 정상 운항을 해도 되겠네요."

여섯 승객들을 승무원 휴게실로 옮긴 사무장이 숨을 돌렸다.

"잠깐만요."

기장에게 향하는 사무장을 강토가 잡았다.

"왜요? 해결이 되었잖습니까?"

사무장은 웃지만 강토 표정은 반대로 굳어 버렸다. 타는 냄새가 남은 것이다. 냄새 분자도 달랐다.

"저 사람들이 앉아 있던 자리라 그렇겠죠. 방향제를 가져다 뿌리면 괜찮을 겁니다."

사무장은 상황이 끝났다고 생각했다. 강토 생각은 아주 달랐다.

다시 몰입이었다. 나무 타는 냄새는 희미해졌다. 그러나 다른 냄새가 숨어 있었다. 플라스틱과 케이블이 눌어붙는 냄새였다. 날개 밑의 엔진 쪽이었다.

"나무 타는 냄새만이 아니었습니다. 케이블 타는 냄새가 심해지고 있어요."

"예?"

"회항하셔야겠네요. 지금 당장."

강토 목소리가 천둥을 쳤다.

*   *   *

공항은 아수라장이 되었다.

런던행 비행기의 회항이었다. 왼쪽 날개 밑에서 연기가 치솟았다. 다행히 무사 착륙을 했다. 자칫했으면 초대형 사고가 날 뻔한 일이었다.

비행기가 교체되었다. 덕분에 4시간 이상 딜레이가 되면서 11시 무렵에 이륙을 했다.

그 와중에도 강토는 바빴다.

냄새 발견자로 알려진 덕분에 온갖 방송과 언론사의 인터뷰 요청을 받았다. 심지어는 항공사와 교통부에서 나온 조사단에게도 불려 가느라 정신이 없었다. 인터뷰를 끝내고 나오자 승객들이 박수를 쳐 주었다.

"실은 이분들 때문입니다. 모닥불 냄새 덕분에 진짜 원인을 알게 된 거거든요."

공을 모닥불 승객들에게 돌렸다. 망신살이 뻗쳤던 그들 일행은 고마워 어쩔 줄을 몰랐다.

비행기가 신속하게 교체된 건 청와대 고위직 덕이었다. 그의 입김이 실리자 항공사의 조치가 빨라졌다.

"선생님."

다시 탑승하자 고위직이 다가왔다.

"덕분에 큰 사고를 면했군요."

그가 치하를 해 왔다. 낯익은 체취가 섞여 있지만 오래 생각하지 않았다. 어수선한 승객들 때문이었다. 일부 승객들은 아직도 놀란 가슴을 달래지 못했다.

강토가 사무장을 불렀다.

"진정이 되는 향수입니다. 특별히 안정이 되지 않는 승객들에게 뿌려 드리면 도움이 될 겁니다."

가방에서 휴대용 향수를 꺼냈다. 필수품으로 가지고 다니는 작은 향수들이었다. 하트 노트는 라벤더에 바닐라, 오렌지 향이다. 병원에서도 입증된 진정 작용이니 도움이 되었다. 다만 20$m\ell$의 소량이라 일부 승객에게만 혜택이 돌아갔다.

"덕분에 안정이 되었습니다."

향수를 뿌리고 온 사무장이 깍듯한 예의를 갖추었다.

"저기요."

청와대 고위직이 끼어들었다.

"그거, 저도 좀 볼 수 있을까요?"

그가 빈 병의 구경을 원하니 강토가 수락했다. 향수는 소진되었지만 냄새는 남았기 때문이었다.

"흐음, 정말 마음이 차분해지는군요."

"……"

"조향사라… 의사 못지않게 멋진 직업이네요."

그의 호감이 좌석을 넘어왔다.

비행기가 다시 날아올랐다. 기내식과 함께 화이트와인을 한 잔 마셨다. 그제야 강토 생각에도 차분한 불이 켜졌다.

엔진 이상을 미리 안 것은 천만다행이었다. 자칫하면 대형 사고가 날 수도 있었고 수하물로 보낸「우디 속살에 꽂힌 레더」도 사라질 뻔했다. 물론 다시 만들면 된다지만…….

'응?'

그 생각을 하던 강토, 정신 줄이 바짝 당겨졌다. 4시간 넘게 딜레이된 비행 스케줄. 롤스로이스 측에 알리지 못한 것이다.

'오래 기다리겠네.'

입맛이 개운하지 않았다.

그러고 보니 할아버지와 상미 등도 그랬다. 기자들이 왔고 강토가 인터뷰까지 했으니 방송으로 나갔을 일이다. 속보로 나갔다면 상미의 연락이 왔을 수도 있었다. 하지만 강토 핸드폰은 여전히 비행기모드였다.

끙.

앓는 소리가 나온다.

비행기 사고는 이래저래 문제가 많았다.

그럼에도.

이 높은 하늘에서 강토가 취할 수 있는 조치는 없었다.

예상대로였다.

런던에 착륙하기 무섭게 비행기모드를 풀자 폭탄 문자가 들어왔다. 카톡부터 일반 문자까지 100여 통에 가까웠다. 할아버지를 필두로 상미에, 가의도로 간 다인과 이린의 문자까지 빼곡했다.

입국심사 줄에서 롤스로이스 측에게 먼저 전화를 걸었다.

"여보세요."

직원이 전화를 받았다.

─어떻게 된 겁니까?

묻는 목소리에 불안과 짜증이 실려 왔다.

"죄송합니다. 비행기에 문제가 생겨서 회항했다가 출발하느라 늦었습니다."

─마이 갓. 그럼 그렇다고 말을 하셔야죠. 하도 늦길래 우리도 조금 전에야 체크를 했단 말입니다.

"죄송하게 되었습니다."

─죄송으로 끝날 일이 아닙니다. 당신 때문에 지금… 알겠습니다. 일단 나오세요.

"……"

분위기는 좋지 않았다. 그럴 만도 했다. 저들은 공항에 나와서야 인천발 비행 편의 문제를 알았을 것이다. 4시간 이상 기다린 것은 물론이고 또 다른 스케줄의 차질도 있을 수 있었다.

"닥터 시그니처?"

입국장에 나온 직원은 붉은 머리카락의 산드라였다.

"늦어서 죄송합니다."

강토가 영어로 답했다.

"일단은 무사해서 다행이네요. 하지만 스케줄이 바뀌면 알려 주셨어야죠? 당신을 기다리고 있는 사람들은 한가한 사람들이 아니거든요."

"……."

"타세요."

그녀가 차량을 가리켰다. 롤스로이스는 아니었다. 강토가 타자 그녀가 핸들을 잡았다. 한참을 말없이 달렸다. 그러다 차량이 조금 한가해진 곳에서야 말을 잇는 산드라였다.

"초면에 제가 좀 흥분했죠?"

"괜찮습니다. 제가 실수를 한 걸요."

"당신 실수는 아니죠. 항공사의 실수일 뿐."

"……."

"회장님 스케줄이 꼬이게 되니 짜증이 났어요. 불쾌했다면 사과를 드립니다."

"진짜 괜찮습니다. 저도 경황이 없던 중에 비행기가 다시 뜨고 나서야 아차 싶었으니까요. 많은 사람들에게 걱정을 끼쳤습니다."

"아무튼 그래서 일정이 좀 빡빡하게 되었습니다. 괜찮을까요?"

"감수해야죠."

"원래는 당신을 호텔로 모시고 짐을 풀게 한 다음에 연구소로 모실 생각이었습니다. 심사 위원들을 그 시간에 맞춰 초빙해 두었거든요."

"오늘 심사를 하는 겁니까?"

"더 미룰 이유라도 있나요?"

그녀가 돌아보며 웃었다. 풀린 얼굴을 보니 강토의 부담도 조금 날아갔다.

"그건 아닙니다만."

"레이먼드는 4시간 전에 도착해 있습니다."

"……"

"실은 루카트 회장님도 그러셨죠."

"면목이 없군요."

"다른 일도 아니고 비행기 사고였으니 다들 이해는 하십니다. 그러나 스케줄이 꼬인 건 주지의 사실이에요. 심사 위원들도 이미 두 시간 가까이 기다리고 있습니다."

"……"

"처음에는 다른 날을 잡을까 생각했지만 워낙 어렵게 모이신 분들이라 그럴 수 없었습니다. 결국 회장님께서 그분들 하나하나에게 양해를 구하고 기다리고 있는 겁니다."

"……"

"제 말 이해하세요?"

"다시 한번 죄송합니다."

"아뇨, 제 말은 그 뜻이 아니라… 상황이 당신에게 불리하다는 걸 말하고 있는 겁니다. 알고 계신 바처럼 신차 모델의 향기 심사는 블라인드 테스트지만 제가 아는 한 조향사들은 자기만의 특색을 가지고 있더군요. 유럽의 조향사는 오리엔탈을 만들어도 유럽 이미지가 끼어들고 동양의 조향사들은 파우더리를 만들어도 동양의 이미지가 남고… 이 향기를 심사할 분들 중에는 그런 능력자도 계시거든요."

"……."

강토의 촉이 반응을 한다. 이 여자 산드라, 그녀 또한 향수에 문외한은 아닌 게 틀림없었다.

"그나저나 비행기는 어떤 문제였죠?"

"왼쪽 날개 밑 엔진 케이블에 문제가 생겼습니다. 운 좋게 냄새를 맡았어요."

"냄새라면 혹시 당신이?"

"예."

"오 마이 갓, 정말이에요?"

산드라가 차를 세웠다. 굉장히 놀란 표정이었다.

"첫 냄새는 승무원들이 맡았죠. 밤새 모닥불을 피운 몇 명이 그대로 탑승하면서 타는 냄새가 났거든요. 그 원인을 찾고 안도하려는데 다른 위험한 냄새가 있었어요. 우리 항공기는 결국 연기를 피우면서 비상착륙을 했고요."

"잠깐만요."

산드라가 검색에 들어간다. 한국의 뉴스가 나온다. 한국어지만 그림은 볼 수 있다. 비상착륙한 비행기에 소방차들이 몰려 있고 인터뷰를 하는 강토 얼굴도 나온다.

"맙소사, 이제 보니 내가 영웅을 태우고 있었군요?"

산드라의 태도가 180도 변했다.

                    *   *   *

"……?"

회의실 문이 열리자 강토 눈이 출렁거렸다. 루카트 회장 옆자리에 로베르토가 있었다. 그 맞은편에도 한 사람이 보였다. 사진으로만 보던 레이먼드였다.

"코리아의 닥터 시그너처십니다."

산드라가 강토를 소개했다. 그녀의 소개에 맞춰 고개를 숙여 예를 갖추었다.

"반갑습니다."

루카트가 일어나 악수를 청해 왔다.

"여기는 로베르토, 이미 안면이 있으실 테고, 이쪽이 바로 유럽의 신세대 연금술사로 불리는 레이먼드 선생입니다."

루카트가 직접 레이먼드를 소개했다.

"얘기 많이 들었습니다. 동양의 별을 보게 되니 영광입니다."

레이먼드가 손을 내밀었다. 얼굴은 웃는 상이다. 체취도 맑다. 강토가 판독하지 못하는 건 눈뿐이었다. 그의 눈은 심연처럼 깊었다.

"늦어서 죄송합니다."

인사가 끝나자 사과부터 했다. 강토 잘못은 아니지만 폐를 끼친 건 분명했다.

"아닙니다. 본래 명작은 오랜 뜸을 들여야 하는 것이죠. 게다가 산드라의 보고를 들으니 동양 속담의 액땜을 한 것 같아 더 기대가 큽니다."

"이해해 주시니 감사합니다."

"나만 그런 것이 아닙니다. 우리 심사 위원들에게도 통보가 되었습니다. 코리아의 뉴스를 곁들여 주었더니 불평들이 싹 사라졌다고 합니다."

"향수는?"

루카트가 산드라를 바라보았다.

"심사 접수까지 마치고 왔습니다."

산드라가 답했다.

입구에 내릴 때 그녀가 한 말이었다. 향수부터 제출해 달라고 했다. 말하자면 루카트 회장에게도 비공개였다. 둘 중 하나로 결정되기까지는.

"이렇게 드라마틱하게 향수가 도착되는군요. 두 분, 그동안 고생이 많으셨죠?"

루카트가 치하를 이어 간다.

"아닙니다. 새 작품을 만드는 일이라 즐거웠습니다."

레이먼드가 먼저 반응을 했다. 글로벌 향료 회사나 향수 회사의 의뢰에 익숙한 노련미가 엿보였다.

"우리 닥터 시그니처께서는? 일본의 수고까지 더한 후에야 향을 만들었으니 시간이 모자랐을지도 모르는데……."

루카트가 츠바사의 일을 상기시켰다.

"좋은 향을 찾기 위해 최선을 다했을 뿐입니다."

"솔직히 말하면 이번 향 개발만은 두 분과 내가 운명 공동체입니다."

'운명 공동체?'

강토가 시선을 들었다.

"누군가를 100% 믿는다는 건 쉽지 않은 일이죠. 그럼에도 중간평가를 하지 않은 것은 우리의 입김이 배제된 작품을 원했기 때문입니다. 우리 입김이 들어가면 결국 차에 어울리는 향이 아니라 우리가 원하는 향이 나올 가능성이 높아질 테고, 그건 결국 조향사들의 영감을 가로막는 일이 되겠죠."

"……"

강토와 레이먼드의 입가에 엷은 미소가 돌았다.

루카트의 배짱은 생각보다 컸다. 그의 말대로 누군가를 전적으로 믿는다는 건 쉽지 않은 일이었다. 그래서 향수 전문가로 명망이 높은 로베르토를 내세웠다. 하지만 그 여과 장치를 고려하더라도 파격적인 개발임은 분명했다. 이런 시도로 마음에 들지 않는 향이 나오면 비용은 물론이고 시간에 더해 신종

모델의 타격까지 감수해야 하기 때문이었다.

나중에 안 일이지만 결단은 루카트의 취향이었다. 그는 블라인드 테스트를 좋아했다. 사업가로서 자신의 직관을 믿는 것이다.

"로베르토."

루카트가 시선을 돌렸다.

"예, 회장님."

"당신 판단에 심사는 얼마나 걸릴 것 같나요?"

"지금 심사에 들어간다면 1시간이면 되리라 봅니다."

"1시간이라… 그건 딜레이되지 않겠지?"

루카트가 등을 기대며 웃었다.

"그럼 저는 두 별과 함께 나가 있겠습니다."

로베르토가 일어섰다. 강토와 레이먼드가 그 뒤를 따랐다.

"지난번에는 우리를 구하더니 오늘은 다른 승객들을 구했군요."

복도에서 로베르토가 속삭였다.

"레이먼드."

작은 정원으로 나오자 로베르토가 레이먼드를 불렀다.

"예."

"닥터 시그니처를 본 소감이 어떤가요?"

"처음은 아닙니다."

"응? 두 사람이 이미 만났단 말인가요?"

로베르토가 두 사람을 돌아보았다.

"향수를 만났죠. 그라스 스타니슬라스 님의 조향실에서."

"......?"

그 말에 강토 측이 반응을 했다.

하지만.

그 이상의 반응은 보이지 않았다. 그렇게 치면 강토도 그를 만났다. 상미가 구해 온 그의 향수가 있었고 그의 자료가 있었다.

"그건 저도 그렇습니다."

강토도 공감을 표했다.

"호오."

로베르토의 호기심이 발산을 한다.

"동양 조향사인데도 서양의 악센트가 선명해 놀랐는데 그건 제게 없는 축복이었습니다. 저도 오리엔탈 노트를 즐겨 쓰지만 그저 흉내에 불과하거든요."

"저도 흉내에 불과하답니다."

"겸손하지 않아도 됩니다. 특히 아이리스 같은 경우에는 거의 완벽한 재현이었으니까요."

"......"

"처음에는 츠바사의 향이 올 것 같다고 하길래 기대하던 차에 돌연 조향사가 바뀐다고 하니 실망을 했었습니다. 더구나 대타가 코리안이라고 하니......"

"......"

"하지만 로베르토 박사님의 인선이죠. 허튼 선택을 하리라 생각지 않았는데 그라스에서 몇 향수를 시향 한 후에 정신이 번쩍 들었습니다. 최근 들어 그렇게 오묘한 어코드를 본 적이 없거든요. 단순한 매칭으로 최상의 하모니를 끌어내는 저력… 오늘의 만남은 그때보다도 더 인상적이네요. 수백 명의 승객을 구하며 등장한 닥터 시그니처라니……."

레이먼드는 거침이 없었다. 강토가 어리다고 평가절하 하지도 않았다. 몇 마디 말로 미루어 강토는 그의 능력을 알았다. 강토의 향수에 대해 완벽하게 이해하고 있는 것이다.

강토는 경청했다.

동시에 궁금했다.

유럽 조향계에 뜨는 별 레이먼드.

그는 어떤 향수를 만들었을까? 이 심사 결과보다 궁금한 게 그것이었다.

시간은 생각보다 더 걸렸다.

그래도.

결국 결과가 나오는 모양이었다.

"유독 물질 검사와 중금속 검사 먼저 시행하느라 심사가 늦게 시작되었어요. 곧 끝날 것 같으니 들어들 가시죠."

산드라가 심사실을 가리켰다.

과연 롤스로이스.

한 치의 빈틈도 없었다.

강토가 먼저 일어섰다.

마침내.

레이먼드의 신작을 볼 수 있게 된 것이다.

*   *   *

유럽의 별 레이먼드.

그는 어떤 향을 만들었을까?

강토가 접한 그의 향은 도발적이면서도 우아함을 갖추고 있었다. 기본 없이 틀을 깨는 게 아니라 기본 위에 자기의 세계를 이룬다는 뜻이다.

그렇다면.

이번 향은 어떨까?

어떤 향을 하트 노트로 내세웠을까?

어떤 향료로 그만의 개성을 표현했을까?

"실장님."

심사실 안에서 여직원이 나왔다. 이제 끝이 났나 싶었지만.

그녀가 산드라에게 귀엣말을 건넸다.

"그래?"

"네."

"알았어."

산드라가 강토네 쪽으로 돌아섰다.

"돌발이네요. 심사 시간이 더 필요하다는 요청이 나왔답니다."

"이변이군요."

그 말을 들은 로베르토가 어깨를 으쓱해 보였다.

문제라도 생긴 걸까?

로베르토의 시선이 강토와 레이먼드를 스캔해 간다. 공식적으로 저 둘은 세계 최고의 조향사가 아니었다. 그러나 로베르토는 알고 있다. 다른 조향사들이 가지고 있는 타이틀은 세월이라는 관록으로 쌓은 금자탑. 저 둘이 그 자리를 차지하는 건 시간문제였다.

게다가 이번 향 개발에 대해서는 그 어떤 제한도 걸지 않았다. 중간 평가를 받으라느니, 아니면 포퓰러를 확인하겠다느니… 그러다 보니 새로운 향료가 사용되었을 수도 있었다. 그 향료가 최초의 것이라면 심사자들의 의견이 통일되지 않을 수도 있었다.

'이것 참……'

슬슬 몸이 달아오르기 시작한다. 결과를 알고 싶은 마음이 주머니 속의 송곳처럼 삐죽삐죽 활개를 쳤다. 그런데 두 사람, 강토와 레이먼드의 표정은 아주 딴판이었다.

레이먼드로 말하자면.

무표정했다.

강토는.

눈을 감고 있다.

순간, 로베르토의 뒤통수에 아찔한 전율이 스쳐 갔다.

'아차.'

…싶었다.

심사실 가까이로 왔다.

여직원이 나오면서 그 안의 향 분자가 묻어 나왔다. 두 사람이 집중한 건 그 순간부터이기 때문이었다.

그러니까 강토와 레이먼드는.

이미 상대의 향을 만나고 있었다. 로베르토 자신의 후각과는 비교 불가의 후각 능력자들. 그들이 무아로 집중하는 이유가 다를 리 없었다.

레더……

강토는 레이먼드의 향을 맡았다. 어린 양의 냄새가 났다. 우유 냄새가 어린 포근함이 강력하게 후각을 치고 들어왔다.

우디……

그 또한 들어 있었다. 레이먼드의 우디는 마이소르산이었다. 수령은 약 40년. 샌들우드 중에서도 가장 좋은 품질을 자랑할 때의 재료를 향료로 쓴 것이다.

두 가지만 해도 궁극의 레더와 우디를 살렸다.

하지만.

천하의 레이먼드였으니 그것으로 끝나지 않았다.

어디서 구했을까?

이 기막힌 용연향.

용연향 대신 다용되는 랍다눔이 아니라 찐이었다. 주성분인 앰브레인의 활성이 생동하는 것을 보니 최상급 용연향을 골랐다.

최상급.

그 단어에 놀라는 게 아니었다. 인지도가 좀 있는 조향사라면 최상급 향료를 구하는 건 크게 어렵지 않았다. 더구나 이번처럼 큰 프로젝트의 샘플 향수를 만드는 경우라면.

어쩌면 세계적인 향료 회사의 협찬을 받았을 수도 있었다. 레이먼드의 향이 롤스로이스 신모델에 장착이 되면 그들도 득이 되기 때문이었다.

강토가 놀라는 건 원료가 아니었다. 그가 만든 어코드였다.

조금 과격하지만 찬란하고 강렬한 첫인상.

과하게 표현하면 멱살 캐리의 파워까지 가지고 있었다.

향수에는 10초의 법칙이 있다. 향수를 접하고 10초 안에 마음이 끌리지 않으면 끝장이다. 이 향수에는 그런 힘이 있었다.

거기에 또 하나.

바닐라…….

흔한 그 향료로 신기의 어코드를 창출하고 있었다. 피해 갈 수 없는 외길. 후각을 한길로 몰아넣는 것이다.

'과연…….'

행복했다.

이런 사람의 향수와 같은 자리에서 평가될 수 있어서.

그런데.

강토의 집중은 레이먼드의 향에만 있지 않았다. 심사실에서 풍겨 나오는 체취 중에 낯익은 게 있었다. 스타니슬라스나 메디치는 아니었다.

눈은 레이먼드가 먼저 떴다.

그 반사 행동은 전격적이었다.

"……?"

그의 시선이 강토에게 향한다. 믿기지 않게도 이마에 식은땀이 맺혔다.

'레이먼드……'

로베르토도 숨을 멈췄다.

두 신성의 충돌.

지켜보는 것만으로도 숨이 막혔다. 그런데 그중 하나가 전격적인 반응을 보였다. 강토가 아니라 레이먼드였다.

강토는…….

아직도 감상 중이다.

산드라도 관심을 보인다. 그녀 눈에는 어쩐지 레이먼드가 더 유리해 보였다. 그가 먼저 상황을 파악한 거라는 생각이 든 것이다.

얼마나 지났을까?

짧은 경련과 함께 강토의 눈이 열렸다. 그 시선 역시 본능처럼 레이먼드를 향했다.

"닥터 시그니처……."

레이먼드가 먼저 입을 열었다.

"……."

"당신… 대체 레더에 무슨 짓을 한 거죠?"

"……."

"그리고 우디……."

"……."

"너무나 익숙한데 너무나 심오합니다. 특히 레더는 내가 그
토록 찾던 이미지의 향료였단 말입니다."

"……."

"맙소사, 그라스를 시작으로 장 폴 겔랑의 향수 로드를 다
따라가도 구하지 못한 냄새를 여기서 맡게 되다니……."

"그게 당신이 꿈꾸던 영감의 소재였나요?"

강토의 입은 천천히 열렸다.

"그래요. 저 향료, 어디서 구한 겁니까? 소재가 뭐죠? 레더
는 레더인데 애니멀릭한 느낌이 들지 않잖아요?"

"소재는 제 하우스에서 가까운 곳에서 구했습니다."

"소재는요? 어떤 물질이죠?"

"그보다 당신은요."

"……?"

"바닐라 말입니다. 이렇게 쓸 수도 있었군요? 레더와 우디의
격을 두어 단계 높여 버리는 지성의 향……."

"맙소사, 그것까지 캐치했어요?"

"캐치만 할까요? 보시다시피 지금 기절 직전이거든요."

"두 분⋯⋯."

산드라가 대화에 들어왔다.

"벌써 상대의 향을 감지하셨군요?"

"예⋯⋯."

레이먼드가 답했다.

"엄청나네요. 심사실의 문은 겨우 한 번 열렸을 뿐인데⋯ 이런 분들을 섭외해 오신 로베르토 박사님 역시 경이롭고요."

산드라가 로베르토를 바라보았다.

"그 말은 루카트 회장님에게 하세요. 그분이 이 엄청난 게임의 시작이었으니⋯⋯."

로베르토가 웃을 때 심사실 문이 다시 열렸다.

"심사 끝났습니다."

직원이 안의 상황을 알렸다.

"회장님은?"

"심사 종료 직후에 입실해 계십니다. 그리고⋯⋯."

직원이 산드라 귀에 대고 결과를 속삭인다.

"그럼 우리도 들어갈까요?"

표정을 가다듬은 산드라가 문을 가리켰다.

"⋯⋯?"

안으로 들어선 강토, 심사실의 규모부터 마음에 들었다. 신모델 롤스로이스가 무려 네 대나 보였다. 향 테스트를 위해 처음으로 공개하는 차량이었다.

섹션은 두 개였다.

흰색 롤스로이스와 검은색 롤스로이스.

각 두 개를 달리 배치했으니 신차의 컬러가 두 가지라는 걸 알 수 있었다. 그 각 두 대에 강토와 로베르토의 향수가 분사되었다. 흰색 도색과 검은색 도색의 영향까지 고려하는 것이다.

"어서 와요."

루카트가 강토네를 맞았다. 심사 위원들은 아직 보이지 않았다.

"이제 긴 여정이 끝났습니다. 우리 심사 위원들이 아주 흡족해하시니 내 마음이 날아갈 것 같습니다. 당분간 CEO 자리 내줄 걱정은 없어서 말입니다."

"하핫."

루카트의 조크에 로베르토가 웃었다.

"그럼 이제 심사 위원님들을 공개해 드릴까?"

루카트가 산드라를 바라보았다.

산드라가 작은 무대 앞으로 걸었다. 장막이 드리워진 곳이었다.

"심사 위원님들."

산드라가 장막에 대고 말을 이어 갔다.

"심사하신 향수를 만드신 분들이 와 계십니다."

"……."

"그럼 먼저 모십니다. 프랑스 그라스에서도 가장 첨단화된 천연향 연구소 '스멜 콘셉트'의 대표이시자 세계 조향계의 대부로 불리는 알프레도 박사님."

호명과 함께 한 사람이 나왔다.

알프레도 박사.

스타니슬라스가 말하던 그 사람이었다. 새로운 향료를 만드는 데 세계 최고로 꼽히는 알프레도…….

레이먼드가 그를 향해 예의를 갖춘다.

'괴짜라네.'

스타니슬라스의 말이 대뇌의 해마 속에서 소환된다. 옷차림부터 그랬다. 초록 모자에 노란 가디건, 빨간 바지와 하얀 구두가 예사롭지 않다. 쉽게 소화할 수 없는 패션이었다. 그러나 역시 향 전문가였다. 현란한 패션에 비해 향수는 뿌리지 않았다. 오늘 그가 맡은 미션, 롤스로이스 신모델의 향 심사에 어울리는 처사였다.

"다음은 패션의 황제로 불리는 헤이든 선생님."

산드라의 목소리가 꼬리를 물었다.

'헤이든.'

이번에도 강토 해마가 바쁘게 반응했다. 이 이름의 시작은 메리언이었다. 메리언의 스승이자 셀린느를 대표하는 현역 최고 패션 디자이너의 한 사람. 패션쇼에서 만날 줄 알았더니 여기서 만나고 말았다.

"다음은 몇 년째 미국 영화 시장을 뒤집고 있는 흥행의 귀재, 올해는 '엠페러 오브 좀비'로 북미 개봉 신기록을 세운 안소니 감독님이십니다."

안소니 감독.

강토는 벌써 세 번째 놀라고 있었다. 그를 본 적은 없었다. 그러나 인연이 없다고는 할 수 없었다. 김재한 감독의 좀비 영화로 대신 만났기 때문이었다.

다음으로 나온 건 투자의 천재로 불리는 금융가 베르나 르노였다. 50대의 그는 헐렁한 멜빵바지에 평범한 구두 차림이었는데 그가 다루는 돈에 비하면 너무나 소박한 모습이었다.

"마지막으로……."

'레이첼…….'

마지막 명사는 산드라의 호명 전에 알았다. 체취 때문이었다.

"오늘의 심사 위원장이자 보그의 편집장이신 레이첼입니다."

산드라의 말과 함께 레이첼이 등장했다. 강토를 보더니 바로 소스라친다. 롤스로이스가 사운을 걸고 개발하는 신모델의 차종. 그 향 시스템을 맡을 두 조향사 중의 하나가 강토인줄은 상상도 못 한 표정이었다.

"닥터 시그니처?"

그녀는 차마 입을 막아 버린다. 강토는 가벼운 목 인사로 예의를 갖추었다.

"닥터 시그니처? 그럼 혹시 메리언이 추천한?"

헤이든이 덩달아 반응한다.

"맞습니다. 제가 메리언을 만난 닥터 시그니처입니다."

그에게도 예의를 갖추었다.

"맙소사, 이런 변이 있나?"

헤이든 역시 신기하다는 반응이었다.

다섯 명사들.

몹시 쟁쟁했다.

알프레도는 현대 향료의 아버지쯤 되었고 베르나 르노는 투자의 바이블로 불리는 자본가였다. 안소니는 영화의 신이라는 닉네임에 유행의 바로미터라 해도 과언이 아닌 보그의 레이첼, 그리고 세계 패션을 선도하는 디자이너 헤이든……

구성이 이질적이기는 했지만 롤스로이스라는 절대 차량을 평가하기에는 최고의 적임자들로 보였다.

하지만.

레이첼과 헤이든은 강토만 알지 않았다. 심지어는 안소니와 알프레도 역시 레이먼드를 알고 있었다. 레이먼드의 명성으로 보아 당연한 일이기도 했다. 두 조향사에게 초면인 것은 투자 전문가 베르나 르노가 유일했다.

"이런, 모두가 유명하신 분들이다 보니 소개하는 맛이 좀

줄어드는군요. 그래도 진행은 해야겠죠? 소개합니다. 오늘의 향수를 만들어 오신 미래 조향계의 주인공들. 이쪽은 향수의 미래로 불리는 레이먼드입니다."

"안녕하세요?"

산드라의 소개를 따라 레이먼드가 인사를 했다.

"그리고, 동양에서 온 닥터 시그니처. 보그의 레이첼과 헤이든 선생님이 기억할 정도면 사족을 달 필요도 없겠지만 참고로, 일본 조향의 상징이라는 츠바사의 강력 추천을 받고 오신 분입니다."

"제 향수를 시향 해 주셔서 영광입니다."

강토도 예의를 갖췄다.

"참고로 우리 신모델에 장착할 향수는 이미 결정이 되었습니다. 그러니 심사 위원님들의 심사 소감부터 가실까요? 아니면 조향사들에게 작품의 배경을 먼저 들을까요?"

산드라가 심사 위원장을 맡은 레이첼을 돌아보았다.

"우리는 당연히, 빛나는 향수로 우리를 곤경에 빠뜨린 두 분의 영감이 먼저입니다."

레이첼은 주저가 없었다.

제5장

—

만장일치

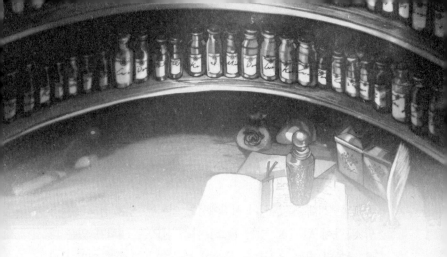

"지상에서 가장 안락한 자동차."

레이먼드가 먼저 입을 열었다.

"처음 향수 제의를 받았을 때 떠올린 생각입니다. 저 역시 자동차광이니까요."

"……."

모두가 숨을 죽인다. 레이먼드는 신모델 쪽으로 다가가며 말을 이었다.

"그러나 향은 추상적이라 또렷하게 그려지지 않을 때가 많습니다. 심지어는 연기처럼 슬쩍 건드리기만 해도 사라지는 경우가 많죠."

"……"

"주지하다시피 자동차의 주요 소재는 강철과 플라스틱, 그리고 가죽입니다. 고급 세단에는 우드 장식이 들어가기도 하지만요."

"……"

"드론 시대를 앞둔 이 시점에서는 어쩌면 지상 최고의 마지막 차량이 될 수도 있는 롤스로이스 신모델. 의뢰가 있은 다음 날부터 저는 초심으로 돌아가 보았습니다. 대체 어떤 사람들이 롤스로이스를 탈까요? 그들은 왜 롤스로이스를 선택했을까요?"

"……"

"품격이겠죠. 하지만 저는 다른 면을 부각시켜 보고 싶었습니다. 바로 지성입니다."

지성.

단어 하나가 강토 머리를 밀고 들어왔다. 그 단어에 붙은 것이 바닐라 향이었다. 영국으로 오기 전, 강토는 먹방으로 뜬 주시온에게 바닐라를 선보였었다. 그때의 기능은 식욕을 가라앉히는 것. 그러나 사실, 바닐라에는 또 다른 매력이 있었다.

「지성」

그것이었다.

누군가 정신적 비만에 다이어트가 되는 향이 뭐냐고 묻는다면.

강토는 답한다.

그게 바로 바닐라라고.

모든 향수에는 숨겨진 매력이 있다. 거의 모든 조향사들은 그걸 알고 있다.

그러나.

그걸 향이라는 실체로 승화시키는 조향사는 많지 않았다.

그게 또 레이먼드였던 것이다.

그래서 용연향보다도 바닐라에 놀랐던 강토였다.

"그 지성의 영감을 도서관에서 찾았습니다. 수십만 권의 장서가 가득한 도서관. 그중에서도 가장 고귀한 곳에 자리한 중세의 서적들. 바로 양피지였습니다."

"양피지?"

심사 위원들이 웅성거렸다.

"지성으로 감싸인 자동차 좌석. 그걸 생각하자 제 머리에 향료의 별이 쏟아지더군요. 레더 소재의 고민이 뚫리자 미지의 문이 열렸습니다."

"……"

"어린 양의 가죽을 찾아 향을 추출했습니다. 램 중에서도 생후 1년 이내의 것으로 골랐죠. 오염되지 않은 초원에서 자란 양 말입니다. 그 향을 양의 젖으로 만든 향료에 섞자 비로소 저는 영감의 바다에 배를 띄울 수 있었습니다."

"아, 그래서 우유처럼 포근한 느낌이……"

안소니와 르노가 고개를·끄덕거린다.

"방금 무두질을 끝낸 것처럼 신선한 레더 향을 원하던 저는 신의 가호 덕분에 해결을 했습니다. 하지만 바다 건너에는 우디의 정글이 기다리고 있었습니다. 레더에 지성을 부여했으니 우디 역시 그에 걸맞은 향이어야 했습니다. 제 영감은 많은 우디 중에서 샌들우드에 꽂혔습니다. 오우드나 시더우드 등의 향료도 매력적이지만 샌들우드에게는 기막힌 지원군이 있기 때문입니다."

'베르가모트……'

강토의 생각이 레이먼드보다 앞서갔다. 샌들우드에게는 그 자신을 돋보이게 하는 향이 있었다. 바로 베르가모트였다. 그렇게 매칭이 되면 샌들우드의 장점이 화살처럼 퍼져 나간다. 그 효과를 위해 일반적인 오일이 아니라 에센셜 오일을 넣었다. 확장성을 고려한 선택이 분명했다.

"으음……"

레이먼드의 설명이 이어지자 심사 위원들이 신음을 토했다. 향료가 가진 매력을 사용하는 데 그치는 것이 아니라 그 향료를 업그레이드시켜 버리는 레이먼드의 천재성. 놀라지 않을 수 없는 스킬이었다.

마지막은 용연향이었다.

활력을 가미하는 선택이었다. 롤스로이스의 품격에 맞췄다. 아무리 액티브를 강조한다 해도 그런 차를 타는 사람을 위한 향이라면 용연향 정도로 마감을 해 주는 게 예의였다. 그도 아니라면 최소한, 피렌체 아이리스. 레이먼드의 생각이었다.

그러나 그의 방점은 용연향에 있지 않았다. 바닐라 때문이었다. 바닐라는 본래 암브레트와 케미가 좋다. 암브레트는 천연 무스크로 사용되는 향료다. 그 대신 용연향은 쓴 것은 암브레트의 효과에 더불어 활력을 부여하려는 의도였다. 물론, 그가 이룬 어코드는 거의 넘사벽이었다. 일반인이라면 흠을 잡을 수도 없는 딱 한 가지의 문제, 오버 페이스만 제외하면.

"굉장합니다."

"의자에 앉기 무섭게 격조가 높아지는 듯하던 느낌이 바로 지성이었군요?"

짝짝.

심사 위원들의 박수가 쏟아졌다.

"닥터 시그니처 차례네요."

산드라가 강토를 바라보았다.

레이첼의 시선도 강토에게 꽂힌다.

두 사람이 서 있다.

강토와 레이먼드.

레이첼은 자연스럽게 의상까지 꿰뚫어 본다. 의상의 주목도도 레이먼드가 높았다.

그러나.

강토에게는 묘한 이끌림이 있었다.

지난번 뉴욕에서도 그랬다. 이사벨의 보고를 받고 내려갔을 때 만난 강토. 어딘가 헐렁해 보이지만 쉽게 볼 수 없었다. 오늘에야 알았다. 강토에게는 꾸미지 않은 자유 영혼이 서려 있었다. 헐렁해 보이는 건 오히려 다른 것을 흡수하려 비워 둔 것처럼 보였다.

꿀꺽.

레이첼의 목으로 소리 없는 긴장이 넘어갔다.

이 남자.

보그 본사를 뒤집어 놓았던 그 신출내기 조향사.

그사이에 시간은 흘렀고, 신출내기의 작품도 하나둘 쌓여 갔다. 그러나 아직은 국제적으로 인지도를 높이지 못한 사람. 그 핸디캡에도 불구하고 이 자리에 섰다.

맨 처음.

강력한 보안 요청이 걸린 롤스로이스의 심사 오더를 받았을 때, 레이첼은 생각했었다. 롤스로이스의 신모델 향을 만드는 조향사라면 손에 꼽히는 사람들이 있었다. 다섯 정도 되었다. 레이먼드는 그 안에 있었다. 그러나 강토는 후보군에도 있지 않았다.

실력순이 아니기 때문이었다. 롤스로이스 정도라면 완벽하게 검증된 사람을 구할 게 틀림없었다. 누가 들어도 고개를 끄덕일 사람, 바로 그런 조향사…….

그래서 감성 충격이었지만 츠바사의 이름이 나올 때 미몽에서 깨었다. 츠바사의 강력 추천. 그렇다면 이해가 되었다. 레이먼드의 향수와 나란히 놓일 자격이 되는 것이다.

"저는……."

강토의 입이 열리기 시작했다.

"레이먼드의 말을 듣고 보니 존경스럽군요. 저분의 영감은 저와는 거리가 먼 세계의 진짜 조향사들이 느끼는 것 같아서 듣는 것만으로도 경외롭고 판타스틱했습니다. 물론 향은 더욱 판타스틱했지요."

강토의 시작은 레이먼드에 대한 인정이었다. 예의상 하는 말도 아니었고 겸손해 보이기 위한 것도 아니었다.

블랑쉬와 강토의 조향 세계.

유럽 특급 조향사들처럼 우아한 시간에 살지 않았다. 블랑쉬의 조향은 천재적이었으되 그의 작업은 소위 막노동 수준이었다. 환경이 그랬고 대우가 그랬다.

하지만.

블랑쉬의 가슴에 살고 있는 향료에 대한 이해와 사랑, 열정만은 지상 최강이었다.

그렇기에 강토는 애써 꾸미지 않았다. 자연의 꽃은 그냥 피는 것이다. 누가 와서 화장하고 다듬어 준다고 피는 게 아니었다.

"저는 한 가지만 생각했습니다. 차를 타는 사람들의 니즈."

'니즈?'

강토의 영감의 출발선이다.

레이첼의 시선이 바로 골똘해진다.

"우리는 하나의 공간에 들어갈 때 필연적으로 냄새를 먼저 만나게 됩니다. 그럼에도 실제로 반응하는 건 시각이죠. 하지만 곧 알게 됩니다. 시각 속에 숨어 있던 후각의 반응… 시각적으로 좋은 인상을 얻었다면 후각적으로도 그에 상응하는 만족감을 얻어야 합니다. 차량으로 치면 그다음이 촉각이겠죠. 그건 향수와 관계없는 일이니 생략하고……."

"……."

"우리가 집에 들어가면 집 냄새가 납니다. 음식점에 가면 요리 냄새가 나죠. 집 냄새는 안락하고 음식점 냄새는 맛나야 합니다. 그 기본 속에서 의뢰에 접근했습니다. 전통적으로 차량의 냄새는 역시 레더와 우디 향이죠. 플라스틱과 강철도 주요한 소재지만 그 냄새를 반길 사람은 거의 없을 테니까요."

"……."

"그래서 저는 오직 레더와 우디에 집중했습니다. 지상에서 가장 포근하고 안락한 레더와 가장 신선한 우디 향. 그 두 가지를 합치니 '힐링'이라는 단어가 되었습니다. 현대인들의 니즈에 근접하는 이미지죠."

"……."

"저 역시 큐어와 스웨이드 노트를 잡고 씨름을 했습니다.

하지만 만족스럽지 않으니 발상을 산으로 옮겼습니다. 거기서 우디 향과 어울리는 레더 향을 찾았죠. 제 향수에 들어간 레더 향은 애니멀릭이 아니라 식물에서 나온 것입니다. 신작 롤스로이스에 '처음'으로 쓰이는 향료죠. 거기에 이소부틸 퀴놀린으로 악센트를 주었죠. 자연과 합성의 만남처럼 첨단 과학인 차량과 향수의 도킹이었습니다."

처음, 그 단어가 강조되었다.

"아."

향 전문가 알프레도가 이마를 친다. 이제야 레더 향을 이해하게 된 것이다.

"우디 향 역시 제 고민의 하나였습니다. 오랫동안 샌들우드의 유혹을 받았지만 레더의 참신성을 살리는 방향으로 갔습니다. 따라서 저의 우디 향 또한 비자 열매에서 얻은 것입니다. 거기에 마분지 향료로 깊이를 살렸습니다."

"……"

"그리고 제라늄이죠. 거칠고 와일드한 향조를 살려 원시림의 색채를 만들고 나머지 몇 개의 향료로 그린과 스위티, 스파이스의 효과를 더했습니다."

"……"

"거기에 페르시콜로 활력을 한 번 더, 알데히드로 지속성 실드 보강, 베티베르로 총정리……"

"……"

심사 위원들 중에서 표정의 변화가 가장 심한 건 알프레도였다. 그는 아까부터 거의 숨을 쉬지 않았다. 강토가 밝히는 향수의 성분들 때문이었다. 그는 물론 그 대다수를 알고 있었다. 그러나 흠잡을 데 없이 완벽한 안정감이었다. 그렇기에 뭔가 특별한 것을 첨가했을 줄 알았다.

그런데 하트 노트의 레더 외에는 특별한 게 없었다. 게다가 우디 향에는 마분지가 첨가되었다. 그건 정말이지 뜻밖의 선택이었다. 세상의 어떤 조향사도 롤스로이스의 내부 향수에 마분지 향을 집어넣기는 쉽지 않았을 일.

더 큰 문제는 마분지 따위로 기막힌 어코드를 창조했다는 사실이었다.

조향사.

최고의 조향사라면 한 가지를 알아야 했다.

어떤 향을 동원하건 유일무이한 향으로 만들어야 하는 것.

말하자면 강토의 향이 그랬는데.

그 구성을 들여다보면 너무 소박해 고개가 저어질 정도였다.

하다못해 샌들우드도 포함되지 않은 원료군.

그걸로 이룬 완벽한 힐링의 공간.

그건 알프레도가 일찍이 상상하지 못한 일이었다.

하지만.

경외감은 또 그것만이 아니었다.

아직도 후각세포에 아른거리는 강토의 포뮬러.

그 포뮬러.

경험한 적이 있었다. 똑같거나, 아니면 싱크로율이 90% 이상에 육박하는…….

"톱 노트부터 베이스 노트까지 향료 전반에 대한 설명을 하다 보니 이것저것 사족이 붙었지만 제가 꿈꾸던 영감은 아주 간단했습니다."

강토의 마무리가 이어졌다.

'간단?'

알프레도가 시선을 가다듬었다. 이 신의 손에 가까운 신예는 어떤 시그니처를 그리고 싶었을까?

"제가 꿈꾸는 이 차의 향수……."

강토가 롤스로이스를 바라보았다.

잠깐 동안 그렇게 서 있다.

마치 차와 이야기라도 나누는 듯이.

그런 다음.

소탈하게 돌아서서 마무리를 했다.

"차에서 내리고 싶지 않은 향수."

"……?"

"네, 바로 그것이었습니다."

「차에서 내리고 싶지 않은 향수」

그 말에 놀란 사람은 한둘이 아니었다.

레이첼이 그랬고 안소니가 그랬으며 헤이든과 르노가 그랬다. 심지어는 향의 대가로 불리는 알프레도도.

"방금 닥터 시그니처가 한 말 들으셨나요?"

레이첼이 심사 위원들에게 물었다.

그들은 너 나 할 것 없이 통쾌하게 웃었다. 그렇게 되자 궁금해지는 건 오히려 강토였다. 그들의 웃음이 비웃음은 아니었지만.

"닥터 시그니처."

레이첼이 강토를 바라보았다.

"네."

"방금 하신 말, 차에서 내리고 싶지 않은 향수."

"네……."

"굉장히 간단하지만 폐부를 찌르는 말이었어요. 우리들 대다수의 느낌이 그랬거든요."

"……."

듣고 있던 강토의 표정이 밝아졌다. 지금까지는 그 어떤 시그널도 주지 않던 심사 위원들. 그러나 이 표현은 강토에게 유리한 시그널로 보였다.

짝짝.

강토에게도 박수가 쏟아졌다.

이제 다시 원점으로 돌아왔다. 심사 위원들은 그들의 선택을 밝히지 않았다. 그 선택은 루카트 회장의 품에 있었다.

"두 분의 영감과 창작 동기, 잘 들었습니다. 그럼, 심사 위원들의 선택을 받은 향수. 우리 롤스로이스의 명차 역사를 다시 써 줄 향수를 회장님께서 발표하시겠습니다."

산드라의 말은 잘 들리지 않았다. 모든 사람들의 시선은 이제 루카트의 손에 들린 리모컨으로 향했다.

톡.

일동을 돌아본 루카트가 버튼을 눌렀다.

두 겹, 세 겹으로 봉인(?)된 상자가 열리기 시작했다.

*　　　　　*　　　　　*

우리 강토, 나중에 뭐가 되고 싶어?

엄마가 물었다.

어깨 위로 멜빵바지의 끈을 걸쳐 주던, 만 세 살이 가까운 날이었다.

향수 만드는 사람.

강토가 답했다.

어떤 향수를 만들고 싶은데?

엄마가 좋아하는 향수.

그럼 아빠가 좋아하는 건?

그것도 만들면 되지.

정말?

응.

우리 강토는 어떤 꽃으로 향수를 만들까?

아이리스.

강토가 소리쳤다.

아이리스.

프랑스.

그라스.

향수.

그다음으로 입에 붙은 아이리스.

그런 강토를 위해 엄마는, 웬만하면 아이리스를 꽃병에서 빼먹지 않았다.

그렇다고 어린 강토가 아이리스에만 빠진 건 아니었다. 엄마의 립스틱이 그랬고 엄마의 샴푸가 그랬으며 엄마의 화장품들이 그랬다.

냄새 분자가 뭔지도 모르지만 기막히게 구분해 내던 그때.

엄마가 엉뚱한 질문을 던져 왔었다.

우리 강토.

응?

지금 이 음악 말이야, 어떤 냄새랑 비슷할까?

기막힌 후각을 가지고 있는 강토랑 놀아 주기 좋아하던 엄마.

그날 엄마가 치던 곡은 모차르트였다.

헤에.

강토의 대답은 엄마를 안아 버리는 것이었다.

어린 강토는 모차르트를 잘 몰랐고 그 곡이 어떤 향과 매칭 되는지 몰랐다.

만약.

그 엄마가 아직 살아 있어 다시 물어 온다면 어떨까?

엄마.

모차르트는 에스테르 향조를 닮았어.

바로 말할 수 있다.

그럼 베토벤은?

엄마는 또 묻겠지. 엄마는 물어보기 대장이었으니까.

그건 퀴놀린, 이소부틸 퀴놀린.

퀴놀린?

엄마 눈이 휘둥그레진다.

엄마는 사실 그럴 때가 많았다.

새로운 세제를 사 오면

새로 나온 과일을 사 오면

등 뒤로 감추고 강토에게 먼저 물었다.

지금 무슨 냄새가 나게?

나―게.

뒤의 톤은 항상 부드럽게 올라갔다.

강토가 말을 익힌 후로.

엄마는 한 번도 강토를 이기지 못했다.

그 엄마가 다시 왔다.

훌쩍 자란 강토에게 묻는다.

우리 강토, 저 회장님 옆의 상자에 들어 있는 게 누구 향수?

엄마.

응?

이제 그런 건 너무 쉬워.

그러니까 말해 봐.

강토가 눈을 감은 채 말한다.

엄마 아들 닥터 시그니처.

강토가 만든 '우디 속살에 꽂힌 레더'야.

강토가 비로소 눈을 뜬다.

짝짝짝.

빛나는 박수 속에서 강토는 보았다. 다이아몬드처럼 반짝이는 상자 안에서 그보다 더 영롱하게 아롱지는 강토의 작품. 그 투명한 보틀에 새겨진 참죽나무의 꽃잎 조각들…….

"선언합니다. 우리 롤스로이스의 신모델 지정 향은 코리아의 조향사 닥터 시그니처의 작품으로 결정되었습니다."

격정적으로 높아진 목소리의 루카트가 강토를 가리켰다.

엄마.

어린 강토가 다시 소환된다.

빛나는 향수 속에서 엄마가 걸어 나온다.

베토벤은 무슨 향수를 닮았냐고 물었지?

응.

바로 이 향이야.

상상 속의 강토가 향수를 뿌린다. 이소부틸 퀴놀린이다. 신비와 우아를 갖춘 퀴놀린이 베토벤처럼 격렬한 선율을 피워 올린다.

그 퀴놀린처럼, 강토의 심장이 폭주하기 시작했다.

이 자리.

무려 유럽의 별과 나란히 선 이 자리.

세계적인 명사들이 심사에 나선 자리.

이 자리에서 10억 상금과 롤스로이스 신모델 CF 기회를 움켜쥔 것이다.

"축하합니다. 정말 수고 많았어요."

루카트가 정식 악수를 청해 왔다.

"축하해요."

레이첼의 찐한 축하가 이어지고.

"축하합니다."

헤이든과 알프레도 등의 축하도 이어졌다.

"닥터 시그니처……."

다음 차례는 레이먼드였다. 그는 롤스로이스 안에서 나왔다. 강토의 향이 뿌려진 그 차였다. 궁금증을 못 이겨 타 버린 것이다.

"차에서 내리기 싫다는 말, 무조건 인정합니다. 말이 필요없네요."

그가 강토를 허그했다. 명성답게 깨끗한 승복이었다.

로베르토는……

보는 눈이 많으니 가벼운 포옹으로 할 말을 대신했다. 레이먼드 역시 그의 추천이었으니 객관성의 유지였다. 그래도 어느 때보다 뿌듯한 얼굴이었다. 츠바사 대신 강토를 선택한 판단이 옳았다. 심사 위원들의 만장일치를 끌어낸 것이다.

이번에는 루카트가 향 테스트 차량에 올랐다. 레이먼드의 향수가 뿌려진 차에 이어 강토의 향이 가득한 신모델 차량이었다. 그는 차에서 내리지 않았다. 산드라가 노크를 하고서야 그가 나왔다.

"이것 참… 다들 과장인가 싶었는데 나도 내리기가 싫구려."

그가 목 뒤를 긁었다. 심사 위원들의 총평은 명백한 팩트였다.

다과와 함께 비하인드 스토리가 이어졌다.

심사 분위기가 나왔다. 처음에는 레이먼드의 향이 우세했다. 그의 향은 지성적이었고 인상적이었다. 안정감 역시 빼어났지만 포근하고 안락한 맛이 덜했다. 뭔가 들뜬 기분을 주는 것이다.

그 빈 곳을 강토의 향이 채웠다.

심사는 두 향을 크로스로 오가며 진행되었다. 그들은 알게 되었다. 레이먼드의 향이 뿌려진 차에서는 지성과 활력을 평가하느라 바빴는데 강토의 차는 달랐다. 먼저 탄 사람이 내릴 생각을 않는 것이다. 레이먼드의 향처럼 향을 평가하느라 고민하는 게 아니었다. 타는 순간 우아한 힐링의 세상으로 들어왔으니 평가 항목을 나타내는 방사형 그래프가 거의 원형에 가깝게 나왔다.

「다소 엄격하고 활력의 오버 페이스」

레이먼드의 향수에 대한 심사단의 총평이었다.

오버 페이스.

레이먼드에게는 그게 아팠다.

그러나 그게 결정적인 패인은 아니었다.

레이먼드의 불운은 강토의 어코드에 있었다. 레이먼드는 세 가지 초고가 향료를 동원했다.

고결하게 자란 어린 양피지의 향과 최상급 샌들우드, 그리고 천연 용연향.

그것들은 럭셔리의 끝판왕으로 불리는 롤스로이스의 신모델에 어울렸다.

그러나 그 빛나는 향료로 만든 신상의 어코드는 강토가 내세운 소박한 천연향료 앞에서 무력화되었다.

강토의 향은 진흙에서 찾아낸 보석.

심금을 울리는 향과 맞비교가 되다 보니 인위적인 부조화를 느끼게 만들었다.

향수에는 그런 명언이 있었다.

「좋은 향료가 좋은 향수를 만드는 것은 아니다.」

그 진리를 강토가 증명한 것이다.

"그러고 보니……."

레이첼의 총평을 듣던 안소니 감독이 운을 떼고 나왔다.

"당신이구려. 코리아에서 내 영화의 폭주에 제동을 건 사람."

"감독님의 영화에 제동을 걸었다고요?"

헤이든이 관심을 보인다. 둘은 이미 소통하던 사이였다. 유행 코드를 관통하는 사람들은 서로 통하는 모양이었다.

"내 영화 엠페러 오브 좀비 말입니다. 아시아권에서도 유독 코리아에서 고전을 했지요. 나중에 분석표를 받아 보니 향수 하나가 걸림돌이 되었다고 하더군요."

"향수?"

모두의 시선이 강토에게 향한다.

"보세요."

안소니가 핸드폰 화면을 보여 주었다. 좀비 향수와 더불어 합성된 강토 얼굴이었다. 옆에는 김재한 감독 사진도 보인다. 강토는 향수병을 든 메시아처럼 보인다. 안소니의 영화가 벌벌 떨고 있다. 강토의 향수가 안소니의 영화를 제압한다는 풍자였다.

"이 손에 들린 게 좀비 향수라고 들었습니다. 이게 화제가 되면서 우리 상영관이 줄고, 소재는 같지만 경쟁작으로 평가 되지도 않던 한국의 좀비 영화가 돌풍을 일으켰다고……"

"죄송하게 되었습니다."

강토가 웃었다. 그 안소니 감독을 이런 자리에서 만날 줄은 상상도 못 했다.

"그렇잖아도 궁금하던 차였습니다. 대체 어떤 사람이기에, 대체 어떤 향이기에……"

"미니어처가 있는데 하나 드리겠습니다."

강토가 향수를 꺼내 놓았다.

치잇.

안소니는 그 자리에서 손목에 향수를 뿌렸다.

그리고……

"윽."

시향과 동시에 비명을 터뜨리며 움찔거렸다.

"……!"

옆 명사들도 몸을 움츠린다. 오싹한 한기였다. 영국이라고 해서 그 향이 변했을 리 없었다.

"이거였군… 이 공포와 참담, 그리고… 연민?"

안소니가 고개를 들었다.

"맞습니다."

"미치겠군. 내가 좀비들을 통해 묘사하려던 감정이 이 향 안에 고스란히 들어 있어. 이러니……."

"……."

"인정하오. 그나마 그 영화가 저예산이었기에 망정이지 코리아의 블록버스터쯤 되었다면 내 영화가 개망신을 당할 뻔했구려."

안소니의 칭찬을 미소로 받았다. 이렇게 만나고 보니 미안한 마음도 들었다.

"헤이든, 당신도 할 말이 있죠?"

레이첼이 헤이든을 돌아보았다. 아까부터 소리 없이 주목하는 헤이든이었다.

"있죠."

그가 말을 받았다.

"메리언 아시죠?"

헤이든이 레이첼에게 물었다.

"잘 알죠. 여기 두 분 조향사께서 조향계에 뜨는 별이라면 메리언은 지금 패션 디자인계의 뉴 아이콘 아닙니까?"

"고맙게도 나를 스승으로 모셔 주고 있어요."

"선생님께 배운 거 아닌가요?"

"배우다뇨? 제가 운 좋게 선임자의 자리에 있었던 거죠. 그런 친구들은 누구에게 배우는 게 아닙니다. 타고나는 거죠."

"그런데요?"

"그 천재가 제게 조인트 패션쇼 기회를 주더라고요. 특별한 모델들까지 섭외해서 말이에요."

"특별한 모델이라면 케이트 말입니까?"

"아뇨. 그녀도 특별하지만 메리언의 친구들은 더 특별하더 군요. 그런데 그보다도 특별한 제의가 있었어요."

"……?"

"나 그리고 메리언, 그리고 또 한 명의 디자이너……."

"메리언 말고 또 한 명?"

"향수라는 옷을 지어 내는 닥터 시그니처. 그렇게 소개를 하더군요."

"그럼 우리 닥터 시그니처잖아요?"

"그러게 말입니다. 처음에는 이게 무슨 소리인가 했습니다. 향수와 패션의 매칭이야 흔한 일이지만 향수 자체를 패션쇼의 주연으로 내세우는 경우는 보지 못했으니까요. 그런데 메리언 이 보내 준 닥터 시그니처의 향수를 맡는 순간 머리에 무지개 가 떠올랐습니다."

"……."

"향수라면 저도 웬만큼 조예가 있지요. 그런데 그 향수들 은 좀 달랐어요. 그래서 수락을 했죠. 좋다. 우리 셋이 한번 해 보자. 그러던 차에 여기서 만나게 된 것입니다."

"굉장한 우연이자 행운이군요?"

"그런 것 같습니다. 게다가 롤스로이스의 향수… 이걸 맡고 나니 생각이 바뀌고 있어요. 내 옷에 맞추는 향수가 아니라 닥터 시그니처의 향수 속으로 들어가는 옷을 만들고 싶어졌네요."

헤이든의 감정이 고조되고 있었다. 창작에 종사하는 사람이 영감이 떠올랐을 때, 딱 그런 표정이었다.

레이첼은 유행의 선도자답게 명사들의 분위기를 잘 이끌었다.

그러다 르노 회장이 스케줄 때문에 먼저 일어섰다.

그 시간에 헤이든이 메리언에게 전화를 걸었다.

"메리언."

—선생님.

"내가 지금 누구랑 있는 줄 알아?"

—글쎄요? 목소리가 밝은 걸 보니 새 애인이라도 생긴 걸까요?

"맞았어. 열렬히 사랑하고 싶은 새 애인이 생겼어."

—정말요?

"닥터 시그니처. 메리언이 말하던 그 조향사가 내 옆에 있다고."

—네? 그럼 선생님도 영국이세요?

"그래. 롤스로이스의 새 모델 평가를 요청받고 왔는데 알고 보니 그게 차량 향수 심사였어. 그런데 롤스로이스에서 의뢰한 두 명의 조향사 중의 한 명이 닥터 시그니처였고."

—네…….

"그리고 위너 역시 닥터 시그니처."

—어머.

"놀랍지? 나는 더 놀랐어. 메리언이 말하던 그 닥터 시그니처라니……."

—그럼 지금 같이 있는 거예요?

"그래. 바꿔 줄까?"

헤이든이 핸드폰을 강토에게 내밀었다.

"헤이, 메리언. 안녕하세요?"

—닥터 시그니처? 진짜예요? 우리 헤이든 선생님과 같이 있다는 게?

"네."

—와우, 나도 날아갈걸.

"지금 어딘데요?"

—뉴욕이죠. 이틀 전에 베를린에서 돌아왔어요.

"헤이든 선생님 바꿔 드릴게요."

강토가 핸드폰을 넘겼다.

"들었지?"

헤이든의 목소리가 더 높아진다. 드라마틱하게 만난 걸 길조로 생각하는 모양이었다. 통화를 마친 후에도 헤이든은 계속 호의적이었다. 메리언을 통해 전해 들은 네 가지 주제, 르네상스에서 현대와 우주, AI 시대의 향에 대해서도 기대감을 숨기지 않았고 그에 대한 호기심도 끊이지 않았다.

안소니 감독이 돌아가고 레이첼과의 특별 인터뷰까지 마쳤다. 레이첼은 즉석에서 다음 호 미국판 보그의 특집 기사로 낼 것을 예고해 주었다.

롤스로이스의 열기는 그렇게 지나갔다. 상금은 수일 내로 꽂히기로 되었고 CF 촬영 일정은 한국 지사장을 통해 통보받기로 했다. 다만 귀띔은 있었다. 화면은 롤스로이스 중심이니 부담 갖지 않아도 된다는 것. 대략적인 콘티를 보니 마무리쯤에서 강토와 향수가 나오는 구성이었다.

상관없었다.

형식 같은 건.

로베르토, 레이먼드와 함께 식사 약속을 하고 자리를 파했다. 그제야 피로가 몰려왔다.

"호텔로 모셔다 드릴게요."

산드라가 키를 챙겼다.

강토가 가방을 집어 들 때였다. 돌아간 줄 알았던 알프레도가 모습을 드러냈다.

"닥터 시그니처."

"가신 거 아니었습니까?"

"그랬는데 마음에 걸리는 게 있어서요."

"저한테요?"

"당신의 차량 향수 말입니다. 우디 속살에 꽂힌 레더……."

"무슨 문제라도?"

"나름 심각한 문제가 있습니다."

심각한 문제?

그 단어에 놀란 강토가 고개를 들었다. 희귀하고 예민한 향료조차 마법사처럼 만들어 낸다는 향 제조의 대가 알프레도. 그 얼굴은 심각이라는 단어에 어울리게 굳어 있었다.

제6장
—
부분이 아니라 전체

"제 향수에 무슨 결함이라도?"

"그건 아닙니다."

"그럼……?"

"정확히 말하자면 당신 향수의 포뮬러죠."

"포뮬러요?"

"이번 롤스로이스의 공식 향수를 만드는 조향사를 물색한 게 로베르토라더군요."

"예……."

"그에게 물었더니 당신이 유럽에서 조향을 배운 적이 없다고 해요. 맞나요?"

"그렇습니다만."

"그런데 어떻게 정통 유럽 조향의 포뮬러가 묻어 있을까요?"

"그건……."

"이유를 설명해 줄 수 있을까요?"

"그렇다면 박사님은 그걸 왜 아셔야 하는지요?"

"내가 그런 포뮬러를 쓰는 조향사를 알거든요. 그런데 그는 당신과 만날 수 없는 사람입니다. 아니, 지상의 모든 조향사를 포함해서 말입니다."

"……?"

돌연한 발언에 강토가 흠칫 흔들렸다.

강토의 포뮬러.

그 기원은 블랑쉬였다.

블랑쉬는 알랑 클레멘트의 이름으로 향수를 만들었다.

강토의 포뮬러와 연관되는 사람은 그 둘뿐이었다.

그러나 블랑쉬의 이름을 달고 나간 향수는 없었다.

그렇다면?

"박사님, 설마 알랑 클레멘트?"

"맙소사, 당신, 그 이름을 어떻게 알고 있소?"

강토의 답에 알프레도가 소스라쳤다.

"박사님……."

"어떻게 아냐고 묻지 않소? 그는 200여 년 전의 인물이거늘?"

"그 향수를 구하셨군요?"

강토가 다가섰다. 본능이었다.

"어떻게 아냐고 묻지 않소?"

그만큼 물러선 알프레도가 다시 물었다. 그제야 강토가 걸음을 멈췄다.

"알랑 클레멘트… 200여 년 전 그라스의 대표적인 조향사."

"닥터 시그니처."

"터키의 골동품 상인에게 이야기를 들은 적이 있습니다. 그의 향수라는 골동 향수도……."

살짝 둘러 댔다.

"알랑 클레멘트의 향수를 시향 했단 말이오?"

"예."

"무슨 향이었소? 혹시 가지고 있소?"

"……."

"닥터 시그니처."

"예."

"맙소사, 나도 수십 년 발품을 팔아 겨우 확보한 것을……."

"……."

"그 향을 연구한 거요? 내가 보기엔 핵심 어코드가 거의 같았소. 마치 카피본을 보는 듯이."

"맞습니다. 유럽 유학을 오는 대신에 그 향수 연구에 매진했습니다."

"허어, 이걸 믿어야 할지 말아야 할지⋯⋯."

"믿게 해 드리죠."

강토가 가방을 열었다. 삼나무 향수를 열었다. 블랑쉬가 준 그 향수였다.

치잇.

단 한 번, 블로터를 적시는 향에 알프레도의 넋이 나가고 말았다.

"시향 해 보시죠. 그 향수입니다."

"⋯⋯."

알프레도의 손이 블로터를 받았다. 한 번에 받아 든 것은 아니었다. 이미 향을 감지한 후각 때문에 너무 떠느라 허공을 집은 것이다.

"아아⋯⋯."

블로터가 코로 가기 무섭게 그의 다리가 풀렸다. 그는 벽에 기댄 채 움직이지 못했다. 블로터에 묻은 향의 한 분자까지 흡입하는 것이다.

"아련한 환상이 선명해지는군요. 이 포뮬러입니다. 내가 가진 향수 포뮬러의 완성판이랄까⋯⋯."

치잇.

감동하는 그를 위해 한 번 더 인심을 썼다.

두 번째 블로터는 빼앗듯이 받아 든다. 행여 향 분자가 날아갈까 두 손으로 감싼 채 시향을 한다. 블랑쉬의 향에 완전히 반한 모양이었다.

"이건 완전한 환상이군. 지상의 인간만이 아니라 천상의 존재까지도 설레게 만들……."

알프레도는 오랫동안 그렇게 있었다.

거의 넋을 놓은 채.

"박사님."

그가 숨을 돌리자 강토가 운을 떼었다.

"그 향수 말입니다. 제게도 시향을 부탁합니다."

"내 향수?"

"예."

"그건 그라스의 연구소에 있소만."

"따라가겠습니다."

"……?"

"시향 시켜 주시겠습니까?"

"따라온다면야… 게다가 나도 시향지를 두 개나 받지 않았소?"

"언제 돌아가십니까?"

"몇 시간 후에 갑니다. 내일 오후에 섬으로 가서 희귀한 마린 향을 추출해야 하거든요."

젠장.

로베르토, 레이먼드와의 약속과 겹치는 시간이었다. 하지만 강토 마음은 이미 그라스로 향했다. 블랑쉬는 이제 다시 만날 수 없다. 블랑쉬의 향수도 그랬다.

그런데.

행운이 찾아왔다. 블랑쉬의 향수가 나타난 것이다. 알프레도는 조향사이자 향 전문가였다. 강토의 후각에는 미치지 못하지만 일반인에 비하면 뛰어난 후각과 경륜. 게다가 그는 세상의 모든 향수와 향 자료를 모은다는 소문까지 있는 사람. 둘을 종합하면 신뢰도가 거의 100%까지 치솟는다. 따라가지 않을 수 없었다.

루카트 회장과 작별 인사를 했다.

"이 인연이 계속되기를 바랍니다."

루카트는 여전히 흡족한 표정이었다.

"그라스로 가신다고요?"

로베르토와의 약속 장소로 가는 길에 산드라가 물었다. 고맙게도 그녀의 픽업은 멈추지 않았다.

"예, 알프레도 박사님과 함께요."

"저런, 오늘은 쉬시고 내일은 주변 관광이라도 시켜 드릴 생각이었는데……."

관광.

그 단어를 듣자 르네상스 시대의 냄새 숙제가 떠올랐다. 일정을 프랑스로 바꿀 생각이었다. 하지만 영국까지 포함시키면 더 좋다. 로베르토와의 약속은 조금 여유가 있으니 서두르면 가능할 것도 같았다.

"혹시 내셔널 갤러리와 빅토리아 앤 알버트 박물관에 들를
수 있을까요?"

"당연히 되죠."

산드라가 핸들을 돌렸다.

내셔널 갤러리에서 르네상스 시대의 그림들을 보았다. 냄새
분자들을 꼼꼼히 저장했다. 박물관에서도 그랬다. 특히 고서
적에 집중했다. 종이는 최고의 냄새 보관소다. 좋든 나쁘든 냄
새를 빨아들이기 때문이었다. 기타 장식품과 의복 등의 냄새
도 빠뜨리지 않았다. 그들의 장식과 단추 하나까지도.

"……."

가이드를 자원한 산드라는 숨도 크게 쉬지 못했다. 강토의
몰입이 너무나 진지하기 때문이었다.

아쉬운 것은 두 건물이 르네상스 시대의 것이 아니라는 것.

검색을 해 보니 파리 근교에 르네상스 시대의 고성이 있었
다. 일정상 나쁘지 않았다.

"덕분에 숙제 하나 해결했습니다."

박물관에서 나와 산드라에게 말했다.

"향수 소재를 찾으시는군요?"

"네, 헤이든과의 패션쇼를 준비해야 하거든요."

"천재끼리는 통한다더니 뜻밖이에요. 알프레도 박사님 말이
에요. 굉장히 깐깐하신 편이던데?"

"괴짜라는 소문은 들었습니다."

"아무튼 섭섭하네요. 닥터 시그니처에게 향수 이야기를 듣고 싶었거든요."

"저도 그렇습니다만 중요한 일이라서요."

"하긴, 두 분 다 향수를 하시니 저보다야 잘 통하시겠죠. 그럼 3일 후 귀국 편은 어떻게 되나요? 필요하시면 일정을 변경해 드리겠어요."

"그럼 파리에서 코리아로 가는 것으로 변경해 주시겠어요?"

"그러죠. 티켓은 핸드폰으로 보내 드릴게요. 잘 다녀가시고 나중에 신모델 론칭할 때 기회가 되면 다시 뵈어요."

"기대되네요."

로베르토와의 약속 장소 앞에 차가 멈췄다. 산드라와는 그게 마지막이었다. 여기서 공항으로 가는 건 택시를 이용할 생각이었다.

"······?"

강토 말을 들은 로베르토가 서운한 표정을 지었다.

"죄송합니다. 돌발 상황이 생겨서요."

"아닙니다. 그리고 보니 거기 스타니슬라스 박사님이 계시죠. 방금 전화를 드렸더니 굉장히 기뻐하던데 잠깐 들르면 좋아할 것 같네요."

"연락하셨어요?"

"약속을 했거든요. 심사 결과가 나오면 전해 주기로······."

"스타니슬라스 박사님……."

그러고 보니 스타니슬라스까지 만날 수 있다. 블랑쉬의 향수 때문에 까맣게 잊고 있던 사실이었다.

"서운한데요? 닥터 시그니처와 밤새 향수 이야기를 하고 싶었는데……."

레이먼드도 아쉬움을 달랜다.

"그래도 아쉬운 대로 1시간 넘게 남았는데요?"

강토가 팩트를 상기시켰다. 1시간, 그렇게 짧은 시간도 아니었다.

그의 관심도 알프레도와 유사했다.

"유럽 유학도 안 왔으면서 유럽 정통 포뮬러에 능통하다……."

"독학으로 배웠거든요."

"말도 안 돼요. 나도 동양의 향 공부를 했지만 흉내에 불과하거든요."

"주변 사람들의 도움을 많이 받았습니다. 라파엘 교수님이라든가……."

"라파엘 선생님이 한국의 대학에 계세요?"

레이먼드가 촉을 세운다. 그도 라파엘을 아는 모양이었다.

"그럼요."

강토가 사진을 보여 주었다. 라파엘의 향수 오르간과 그와 함께 찍은 사진 등이었다.

"와우, 행복해 보이시네. 하긴 닥터 시그니처 같은 제자를 길렀으면 오죽하시겠어요?"

"네……."

"그나저나 로드맵 좀 알려 주세요. 향수 발표회 같은 것은 안 하는 겁니까?"

"이제 천천히 준비를 해야죠."

"로베르토 박사님, 그냥 계실 겁니까? 박사님이 찜한 분이잖아요?"

레이먼드가 로베르토를 돌아보았다.

"그렇잖아도 종용할 생각이었는데 오늘 그 생각을 접었어요."

"왜요?"

"아까 보그 편집장 레이첼 못 봤어요? 닥터 시그니처에게 침만 흘리고 있잖아요? 사람 띄우는 데는 저보다 레이첼이 한 수 위인데 말이에요."

"닥터 시그니처, 언제든 당신의 발표회에 불러 주세요. 코리아에서 한다고 해도 가고 싶네요."

레이먼드가 말했다.

"고맙습니다."

강토의 답이었다. 레이먼드는 쾌활하고 긍정적인 사람이었다. 자신의 자리를 뺏긴 상황인데도 유쾌하게 대하는 것만 봐도 알 수 있다. 그러고 보면 로베르토가 더 대단했다.

츠바사와 레이먼드.

둘 다 조향의 한 획을 긋고 있는 사람들이다. 둘 다 강토에게 고배를 마셨다. 그럼에도 그 둘은 강토를 시기하거나 폄훼하려 하지 않았다. 첫 대면은 다소 딱딱했을지언정 좋은 향수에 대한 인정만은 흔쾌한 것이다.

하긴.

그런 사람이니 롤스로이스에서 중책을 맡겼겠지.

넓은 세상으로 나오니 밤새 이야기하고 싶은 사람이 너무 많았다.

레이먼드의 향수를 두 개나 얻었다. 강토 역시 샘플로 가지고 다니던 것 두 개를 선물했다. 그 향수병에 레이먼드의 사인까지 받으니 날아갈 것 같았다.

레이먼드.

얼마 전까지만 해도 넘사벽이었던 유럽 향수의 미래. 강토는 어느새 이 위치까지 올라와 있었다.

"좋은 기회 주셔서 감사합니다."

공항으로 가기 전, 로베르토에게 다시 한번 고마움을 전했다.

"나보다는 스타니슬라스 박사죠. 그분이 아니었으면 나는 츠바사를 추천했을 테니까요."

그가 스타니슬라스를 상기시켰다.

"그 제의를 받아들이셨지 않습니까?"

"그러게요. 그때는 내가 정신이 제대로였나 봅니다. 하마터면 큰일 날 뻔했죠? 아까 각 분야의 전문가들이 만장일치의 결과를 내놓을 때 등골이 오싹했어요. 자칫하면 닥터 시그니처의 향수가 세상에 나오지 못할 뻔했으니까요."

"그래서 더 고맙습니다. 저도 박사님 덕분에 좋은 공부를 했거든요."

"CF가 기대되네요. 닥터 시그니처보다야 차량이 강조되겠지만 단 한 장면이 나오더라도 세계 조향계의 이슈가 될 거예요. 이 사람 누구야, 하고……."

"네……."

"이건 거의 진담인데 혹 가고 싶은 데가 있으면 미리 다녀오세요. 광고가 나가면 아마 굉장히 바빠질 겁니다. 향료 기업이며 글로벌 향수 회사며… 나라도 닥터 시그니처를 패싱할 수 없을걸요."

"생각해 보겠습니다."

"스타니슬라스 박사님 만나면 내 인사도 전해 주고요. 그분 역시 사람 보는 눈이 있어요."

로베르토가 손을 내밀었다.

강토의 조향에 한 획을 그어 준 사람. 한 번 더 인사를 전하고 공항으로 향했다.

*　　　　*　　　　*

한국에서는 머나먼 파리.

런던에서는 거의 국내선 기분이었다. 한 시간 남짓 만에 도착이었다. 어떻게 가는 줄도 몰랐다. 의자에 앉기 무섭게 피로가 몰려왔고 잠깐 눈을 감는다는 게 잠이 들어 버렸다. 한국 시간으로 치면 새벽이다. 피곤할 수밖에 없었다.

다시 눈을 떴을 때는 이미 착륙 바퀴가 내려온 후였다. 짧은 수면이지만 꿀잠이었다. 피로는 거의 가서 있었다.

오랜만에 찾은 파리 냄새는 어떨까? 공항에서 일단, 파리의 냄새 분자부터 시식을 했다.

프랑스.

그라스.

향수.

그리고 아이리스.

강토가 좋아하던 단어들이 냄새와 함께 진하게 다가왔다.

조향학과 졸업반의 5월.

그때의 강토와는 아주 다른 강토.

까닭 없이 친숙한 프랑스의 냄새를 신나게 감상했다.

알프레도의 차가 파킹된 곳으로 갈 때 스타니슬라스에게서 전화가 걸려 왔다.

"박사님."

알프레도에게 잠깐 양해를 구하고 전화를 받았다.

─닥터 시그니처, 그라스로 온다는 소문이 있던데?

"맞습니다. 저 지금 파리 공항입니다."

─맙소사, 소문이 아니었군?

"전에 말씀하시던 알프레도 박사님이요. 그라스에서 스멜 콘셉트 랩을 운영하시는… 그분과 볼일이 생겨서요."

─알프레도가 심사 위원의 한 사람이었나?

"네."

─닥터 시그니처의 손을 들어 줬고?

"네."

─뜻밖이군. 아무튼 진심으로 축하하네. 로베르토 박사의 전화를 받았거든.

"다 박사님 덕분입니다. 일이 다 끝난 후에 인사드리려고 전화하지 않았습니다."

─전화보다야 직접 만나는 게 더 좋지. 그런데 알프레도와는 무슨 일로? 희귀 향료라도 구하려는 건가?

"제가 찾는 향수를 가지고 계셔서 구경 좀 하려고요."

─닥터 시그니처가 따라나설 정도면 보통 향수가 아닌 모양인데? 푸제아 로얄이라도 가지고 있다던가? 그도 아니면 우비강의 샹티이나 켈크 플뢰르?

"알랑 클레멘트입니다."

─알랑 클레멘트? 우비강과 비슷한 시대의 조향사 아닌가? 우리 그라스의 역사로 꼽히는 한 사람?

스타니슬라스의 목소리가 높아진다.

알랑 클레멘트?

블랑쉬의 이름이 나왔으면 얼마나 좋을까? 애석하지만 강토가 역사까지 되돌릴 능력은 없었다.

"이분이 그 향수를 구했답니다. 제가 가지고 있는 향을 시향 하더니 포뮬러가 같다고 하세요."

―그 친구, 여기저기 쑤시고 다니더니 굉장한 걸 구했군.

"그러게 말입니다."

―그런데 자네도 알랑 클레멘트의 향수를 가지고 왔다고?

스타니슬라스의 목소리에서 우려가 섞여 나왔다.

"왜요? 문제가 됩니까?"

―글쎄… 알프레도가 워낙 괴짜가 아닌가? 자기가 꽂힌 향수는 어떻게든 손에 넣으려고 하거든. 그게 좀 걱정이 되는군.

"괜찮습니다. 저는 팔거나 할 생각이 없으니까요."

―아무튼 끝나는 대로 연락을 주시게나. 몇 시가 되었든 기다리고 있겠네. 아, 숙소 안 잡았으면 우리 집에서 묵으시게. 빈 침대가 있는데 자네가 사용해 주면 영광일 걸세.

"제가 영광이죠. 끝나는 대로 연락드리겠습니다."

전화를 끊고 알프레도의 차량에 올랐다.

그라스.

눈을 감으니 그 냄새가 아른거렸다.

그리고.

그라스의 냄새는 어둠과 함께 점점 진해지기 시작했다. 금작화와 오렌지꽃의 냄새가 춤을 춘다. 알프레도의 차가 멈춘 곳이 그랬다. 그의 향 제국 '스멜 콘셉트'의 첫인상이었다.

바다 냄새도 시원하게 따라온다. 넓은 농장이 딸린 천연 추출물 연구소. 더 좋은 향 분자를 얻기 위해 그가 사들인 무인도만 해도 다섯 개라는 말이 있었다.

달각.

그의 왕궁 문이 열렸다. 강토는 후각 속에 장뇌의 방향제를 떠올렸다. 그걸로 코에 맺힌 모든 냄새를 씻어 냈다.

그렇게 집중하자.

"……!"

강토의 호흡이 정지되어 버렸다. 수많은 향의 분자들과 어깨를 겨루는 향수 냄새 하나. 세상 어느 곳에 숨겨도 알 수 있는 블랑쉬의 포뮬러. 그 어코드를 캐치한 것이다.

*   *   *

알프레도가 실험실의 문을 열었다.

강토는 후각을 먼저 들여보냈다.

놀라워라.

후각망울이 격한 경련을 한다.

첨단과 재래식 장비를 망라한 풍경 때문이 아니었다. 안에서 풍기는 냄새 분자들이 원인이었다. 후각 다음에 시각이 놀란다. 한쪽 벽 가득 들어선 향료. 저 먼 별나라에 온 듯 형형색색으로 다양한 향료에 강토는 넋을 놓았다.

에브리띵.

삼라만상.

여러 단어들이 머리를 스쳐 갔다. 그러다 더 적합한 표현이 떠올랐다.

「향 은행」

조금 더 진도를 올리면 향의 백과사전 구현이라고 불러도 무방했다.

그렇기에 처음 맡는 냄새 분자도 많았다. 강토의 넋이 나가는 것은 당연했다.

하지만.

잠시였다.

강토의 후각 레이더는 마침내 그 냄새의 궤적을 찾아내고 말았다. 블랑쉬의 포뮬러…….

그것은 '나무'였다.

꽃이 피는 나무.

그러나 우리가 아는 사전적 의미의 나무가 아니라 조향 포뮬로서의 나무… 그의 시그니처답게 '아이리스' 향 또한 선명했다.

"어떻습니까?"

그가 실험실을 가리켰다.

"멋지네요."

강토가 답했다. 어떤 과장도 섞이지 않았다. 장비부터 향 규모까지. 강토가 본 것 중에서 최고였다.

"이거, 알겠죠?"

그가 테이블 위의 병 하나를 내민다. 제라늄 버번 냄새가 났다.

"제라늄 버번, 북쪽 지방의 원료를 쓰셨군요?"

"역시 아는군요. 파리에서 뜨는 조향사 안젤라의 요청으로 만든 겁니다. 조금 더 와일드하고 조금 더 자몽 향이 강하죠. 그걸 찾느라고 미스트랄이 차가운 계곡을 다 뒤졌습니다만……."

"……."

"그리고 이거요."

이번에는 베르가모트 향을 집어 든다. 그 또한 보통 향료와 달랐다. 베르가모트의 주성분인 리날롤과 초산 리날롤의 성분이 독특했다. 하지만 강토의 후각은 곧 그 정체를 밝혔다.

"10월의 베르가모트와 2월의 베르가모트를 반반씩 섞었군요."

"……!"

의기양양하던 알프레도의 인상이 살짝 구겨졌다.

"그것까지 아는 건 의외인데요?"

야릇한 미소로 딴죽을 건다.

"10월의 에센스는 리날롤이 많지만 2월의 에센스는 '초산 리날롤'이 많지요. 12월의 베르가모트가 아닌 것은 cis—3 헥산올 때문입니다. 12월의 것이라면 그 시원한 향의 느낌이 다를 테니까요."

"그렇게 해박하니 조금 짓궂어지는군요. 그렇다면 내 베르가모트의 재료도 알 수 있을까요?"

"열매와 껍질, 그리고 오렌지처럼 말린 과육을 조금 첨가했네요."

"맙소사."

짝짝.

알프레도에게서 박수가 나왔다.

과육.

베르가모트 향에서는 금지 재료였다. 베르가모트는 오직 열매와 껍질만 넣는다. 그러나 심심한 걸 싫어하는 알프레도였기에 말린 과육을 넣어 본 것이다. 과육이 마르면서 신맛은 죽고 단맛이 우아, 풍성해지니 다른 베르가모트와 차별화가 되었다.

"당신⋯⋯."

노란 베르가모트를 집어 든 알프레도가 말을 이어 갔다.

"레이먼드를 제친 건 확실히 운이 아니었군요."

"아뇨. 운도 많이 작용했습니다."

"그보다 허기가 지지 않습니까? 뭐라도 먹고 시작할까요? 아까 비행기에서 자느라 간편식을 먹지도 못했으니."

"이상하게도 향이 그리울 때는 허기가 느껴지지 않더군요."

"향이 그리워진다?"

"지금이 그때입니다."

"좋아요. 일단 당신 향수를 좀 봅시다. 아까는 시향만 했지만."

"어려울 거 없죠."

강토가 삼나무 향수병을 꺼내 놓았다.

"……!"

그걸 본 알프레도의 표정이 미친 듯이 구겨졌다. 그 인상을 따라 신음까지 새어 나왔다.

"미치겠군. 이 보틀, 진짜 200년 전의 것이 아닙니까?"

그는 과연 허당이 아니었다. 병만 보고도 기원을 파악했다.

"그럴 겁니다."

"하지만 알랑 클레멘트의 표식은 없군요."

"그 또한 그럴 겁니다."

"무슨 뜻이죠?"

알프레도의 신경이 곤두섰다.

"200년 전입니다. 천하의 우비강도 아니고 개인 공방인 바에야 용기는 얼마든지 바뀔 수 있지 않을까요?"

"그건 동의합니다. 잠깐만요."

알프레도가 벽의 시약장으로 돌아섰다. 그 문을 열자 서늘한 공기가 밀려 나왔다.

'12도.'

강토는 온도를 알았다. 향수에 있어 최적의 온도였으니 알프레도가 어길 리 없었다. 그의 손이 향수 하나를 잡는다.

"이겁니다."

알프레도가 향수를 테이블에 놓았다. 강토의 시선은 처음부터 이 향수의 냄새를 따라 움직였다. 알랑의 표식이 새겨진 용기였지만 블랑쉬의 냄새가 선명했다.

알프레도가 향수병을 연다.

순간.

보이지 않는 미스트랄들이 아지랑이처럼 퍼졌다.

치잇.

알프레도의 시향지가 오기도 전에 강토는 블랑쉬의 향수를 맡았다.

꽃이 핀 나무.

고작 몇 개의 분자였지만 놀랍게도 강토의 의식 전체를 밀고 들어왔다.

나무는.

블랑쉬가 향수로 빚어낸 상징이자 하나의 세계였다.

부분을 합쳐 전체를 이루었다. 츠바사가 보여 주었던 장미의 세계가 생각났다. 장미만으로 다양한 꽃의 효과를 이룬 츠바사.

어쩌면.

그 응용의 원천이랄 수도 있는 기법이 여기 있었다.

블랑쉬.

그는 과연 온몸으로 조향을 체득한 시대의 천재였다.

너에게 경의를.

그것은 곧 '나에게 경의를'과 다르지 않은 감격이었다.

"시향 해 보시죠."

알프레도가 블로터를 내밀었다. 강토는 받지 않았다.

"닥터 시그니처?"

"고맙습니다만 저는 이미 그 향을 맡았습니다."

"아⋯⋯."

알프레도가 잠시 굳었다. 향수병을 보는 것만으로도 시향이 되는 조향사. 뛰어난 후각을 가진 사람이라면 가능한 일이었다. 조 말론이나 장 폴 겔랑, 그리고 파리나 수준이라면.

하지만 실험실에 서 있는 사람은 동양의 신예 강토. 선입견이라는 단어가 그냥 있지 않았다. 인정하자 싶으면서도 이렇게 황당한 것이다.

"당신의 그 향수와 비교해 어떻게 생각합니까?"

켜켜이 내린 침묵을 밀어내며 알프레도가 물었다.

"같은 사람입니다."

강토의 답이었다. 주저 따위는 없었다. 동시에 시리도록 담담한 시선으로 알프레도의 향수를 쪼고 있다. 저 향수를 만들었을 블랑쉬. 용기에 담아 알랑에게 건넸을 블랑쉬… 어딘가에는 그의 작품이 남았을 거라는 희망이 있었지만 시간의 간극이 너무 멀었다. 라파엘은 물론 스타니슬라스에게도 없던 그의 흔적. 그렇기에 영영 희망만으로 남을 거라던 마음이 박살 난 것이다.

못 견디도록 통쾌했다.

그런 마음이 박살 나는 일은.

언제나 대환영.

"나도 그렇게 생각합니다만……."

"물론 퀄리티는 아주 다릅니다. 그 향수가 일상품이라면 제 향수는 혼을 담은 역작이지요."

"그 말은 인정하기 힘들군요."

알프레도의 입가에 냉소가 스쳐 갔다.

"물론 그 향이 이룬 어코드에 형언하기 힘든 오묘함이 담긴 건 맞습니다만 이 향수 역시 당신이 모르는 굉장한 비밀의 어코드가 숨어 있습니다. 들으면 바로 기절할지도 모르는……."

"비밀의 어코드?"

"당신은 이게 어떤 장르의 향수라고 생각합니까? 시트러스? 플로럴? 우디? 아니면 머스크?"

"……."

"참고로 내 질문을 받은 그라스의 조향사들은 절대다수가 플로럴이라고 했습니다만."

"그 향수의 하트 노트는 우디입니다."

강토의 답이었다. 진지하게 물은 알프레도에 비해 강토의 답은 싱겁도록 간단했다.

"우디?"

푸하핫.

알프레도가 파안대소를 터뜨렸다.

"우디, 우디?"

과장된 웃음이 이어진다. 강토는 조용한 미소로 그의 과장이 멈추길 기다렸다. 마침내 그의 웃음이 끊어지더니 칼처럼 잘라 말했다.

"내가 사람을 잘못 봤군요."

"뭐가 말입니까?"

"당신, 닥터 시그니처. 천재의 기재가 엿보이지만 아직 내면의 성숙을 이루지 못했습니다. 그렇다 보니 어떤 것에서는 신묘함을 보이지만 어떤 분야에서는 한계를 드러내는군요."

"우디가 아니라는 거군요?"

"당연하죠. 이 향수의 주제는 조향 세계입니다. 향수는 어떤 재료에서 오는가?"

"계속해 보시죠."

"아시겠지만 향수에 쓰이는 재료는 다양 다종 합니다. 대표적으로는 꽃과 허브, 오렌지 계통이지만 그 외의 향이 더 늘어나고 있어요. 사람의 피와 돌덩어리, 나무껍질과 고래의 토사물까지 쓰이지 않습니까? 이 향수는 그 기원을 보여 주는 대작입니다."

"⋯⋯."

"이 작품은 꽃과 열매, 씨와 뿌리, 잎과 수지, 그리고 나무를 둘러싼 이끼 등으로 이루어져 있습니다. 어떻게 보면 1889년에 세상을 뒤집은 에메 겔랑의 대작 '지키'의 기원은 이것이었는지도 모르죠. 지키는 쿠마린과 리날롤, 침엽수 수액의 부산물에서 뽑아낸 바닐린으로 향을 이루며 전대미문의 미학적 창조라는 평가를 받았지만 이 향수의 구성이야말로 전무후무의 미학이 아닐 수 없습니다."

"⋯⋯."

"그런데 고작 나무라고요?"

알프레도의 미소는 어느새 자신감으로 바뀌어 있었다. 신예의 한계를 봤다고 판단한 게 틀림없었다.

"알프레도 박사님."

강토의 간투사가 담담하게 나왔다.

"말하세요."

알프레도는 의기양양하다.

"역시 향 분자의 대가답게 굉장하시군요."

"평생 향을 연구하며 살았으니까요. 단언컨대 20세기 후반

부와 21세기에 나온 명품 향수 중에 내 향 분자가 들어가지 않은 향수는 거의 없습니다."

"하지만……."

강토가 그의 폭주에 살포시 제동을 걸었다.

"그래도 그 향수의 주제는 나무입니다."

"닥터 시그니처?"

알프레도의 눈빛이 튀었다. 폭주하는 위엄에 들어온 태클이다 보니 불쾌한 감정마저 엿보였다.

"그 향수, 한 번만 써도 되겠습니까?"

"그야……."

치잇.

마지못해 내미는 향수를 받아 그의 코앞에다 분사를 했다.

"안 보이십니까? 제가 말하는 나무?"

"이봐요."

"부분이 아니라 전체를 보세요. 가만히 눈을 감고… 그 조향사가 그리려 하던 진짜 향수의 속살. 자작나무와 샌들우드, 시더우드, 그리고 페루발삼과 몰약, 제라늄과 파출리, 오크라에 베르가모트 그리고 바닐라… 마무리는 재스민과 일랑일랑에 장미로군요. 악센트는 네롤리와 모스로 찍었고요."

"……."

강토의 말에 알프레도가 또 경기를 했다. 허점이 보이나 싶더니 다시 천재의 기재로 돌아갔다. 알프레도가 기체분석기를 동원해 분석한 향의 원형을 그대로 짚어 낸 것이다.

"당신……."

"아직도 이해가 안 되나요?"

"……?"

"부분이 아니라 전체… 당신이라면 바로 캐치할 줄 알았는데요?"

강토의 눈빛이 알프레도를 겨누었다. 여전히 담담하지만 알프레도에게는 채찍처럼 몰아치는 눈빛으로 보였다. 이 향수에 우디 향이 있기는 했었다. 자작나무가 그렇고 시더우드와 샌들우드가 그랬다. 그렇다고 해서 나무라고 할 수는 없었다. 그걸 젖히고 본다면 플로럴 향이기 때문이었다.

잠시 혼란스러운 알프레도. 그 혼란 속으로 강토의 결론이 밀려 들어왔다.

"그 나무, 제가 보여 드리죠."

'보여 줘?'

"자작나무와 샌들우드, 그리고 시더우드는 어디에서 올까요? 바로 나뭇가지와 껍질에서 구합니다. 페루발삼과 몰약은요? 그건 나무가 흘린 눈물, 즉 수지이지요? 제라늄과 파출리는요? 그건 바로 그들의 잎사귀나 줄기에서 추출합니다. 오크라는 씨에서 향을 받고 베르가모트와 바닐라는 열매로 향을 추출하지요."

"……?"

"재스민과 일랑일랑에 장미는 당연히 꽃이겠죠. 하지만 아이리스는 뿌리고 네롤리는 꽃은 꽃이되 봉우리를 주로 씁니다. 은은한 잔향으로 남은 떡갈나무 향은 이끼에서 왔고요."

"……?"

알프레도의 머리가 빠르게 돌아간다. 알프레도가 모를 리 없는 원료의 나열. 안면 근육이 살짝 뒤틀릴 때 불길한 영감 하나가 해마를 관통하고 지나갔다.

샌들우드와 시더우드는 가지.
자작나무는 껍질.
페루발삼과 몰약은 수지.
제라늄과 파출리는 잎사귀와 줄기.
오크라는 씨앗.
베르가모트와 바닐라는 열매.
아이리스는 뿌리.
재스민과 일랑일랑, 장미는 꽃.
네롤리는 꽃봉오리.
떡갈나무는 이끼.

하나하나 나열하던 알프레도, 심장마비라도 느끼듯 몸이 경련했다.

'이것들의 기원을 합치면?'

생각이 켜지자 경련이 폭주를 시작한다.

그림이 그려진다. 뿌리와 줄기, 가지, 잎사귀, 그리고 껍질과 꽃, 열매, 그리고 씨앗. 마지막으로 남은 봉오리와 이끼는 하나의 장식이었다. 포인트를 찍는 조향사의 여유랄까?

'맙소사.'

알프레도가 휘청 흔들렸다. 이제야 알았다. 이 향수가 의미하는 게 나무라는 것. 그 자신은 부분을 보았고 강토는 전체를 본 것이다.

*　　　　　*　　　　　*

나무.

그 형상이 알프레도를 후려쳤다.

반전의 1패였다.

"당신……."

알프레도 이마에서 식은땀이 흘러내렸다. 척추까지 빳빳해진 지 오래였다.

"이제는 보이십니까?"

"……."

"부디 결례가 되지 않았기를 바랍니다."

강토가 예의를 갖추었다. 그가 보지 못한 것을 보았다고 해서 그를 함부로 보는 것은 아니었다.

"듣고 보니 그렇군요. 내 생각이 짧았어요."

그의 입에서 인정이 나왔다. 그리 흔쾌한 표정은 아니었다. 팩트에 제대로 찔렸을 뿐.

"내가 간과한 것을 깨닫게 해 줘서 고맙소."

"별말씀을……."

"시향을 했으니 차나 한잔하지요. 멀리서 온 손님인데 대접이 이래서야……."

그가 간이 주방으로 걸었다.

잠시 후에 가져온 것은 아이리스 향을 떨군 금작화 차였다.

"마셔요. 금작화가 지금 제철이라서 말이죠. 아이리스는 내 향수와 당신 향수에 공통으로 들었길래 악센트를 줘 봤어요."

알프레도가 차를 권한다.

아이리스.

왜 모를까?

그가 이 향을 떨굴 때부터 알고 있었다. 피렌체 아이리스는 아니지만 거의 피렌체급의 향이었다.

"아무튼 굉장하네요. 체계적인 향료 교육을 받지 않고 독학으로 이 수준에 이르다니……."

"아직 멀었습니다."

"경륜이라는 건 시간이 해결할 테죠. 아무튼 우리 유럽 조향사들이 정신 바짝 차려야 할 것 같습니다."

"정신은 제가 차려야죠. 동양은 여전히 조향의 불모지에 가까우니……."

"그렇긴 하지만 최근에는 중국을 중심으로 다양한 전통 향 부활의 조짐이 있습니다. 신성한 약에서 모두의 향수로. 그들의 생각이죠."

찻잔을 비워 낸 그가 다시 일어섰다. 벽장으로 가더니 향료 하나를 집어 온다. 그의 제국은 손만 뻗으면 어디든 향료나 냄새 분자를 담은 병이 있었다.

치잇.

그가 스프레이를 뿌리자.

여러 향의 분자들이 경쟁하듯 밀려 나왔다. 향은 약했다. 분자들 농도의 질서가 무너진 것이다. 방치가 원인으로 보였다. 아주 오래된 향이 분명하지만 보관 상태가 나쁜 게 뼈아팠다.

"당신의 후각이라면 캐치할 수 있겠군요?"

알프레도가 병을 내밀었다. 새 병이다. 어디선가 수집한 향을 옮겨 담은 게 분명했다.

"해독을 위한 향수 같습니다."

강토가 답하자 알프레도의 한쪽 눈이 파르르 떨었다.

"냉각 기능의 샤프란, 카시아, 시나몬, 페퍼, 꿀, 진저, 그리고 유향과 몰약… 아마도 열을 내리거나 종양에 사용하지 않았을까요?"

"……"

"흠흠… 유용한 냄새 분자는 모두 36개로군요. 기타 잡다한 분자가 끼었지만 그건 오염으로 생긴 것 같고요."

"푸헐."

알프레도가 혀를 내두른다.

"그럼 이건 어떻소?"

오기가 생긴 걸까? 이번에는 다른 향수가 나왔다. 그건 강토에게 낯익은 분자들이었다.

"카이피 같습니다. 진품이 아니라 포뮬러를 재구성한……."

"……."

알프레도는 하마터면, 손에 들고 있던 향수를 떨굴 뻔했다.

그는 알고 있었다.

역사 속으로 묻혀 간 레전드 조향사들. 그리고 아직도 현역에서 활동 중인 극소수의 후각 준재들…….

후각은 보통 일곱 단계로 나눠 말할 수 있다.

인간을 기준으로 놓고 보면 개와 시궁쥐, 상어와 뱀장어 순으로 올라간다. 상어와 뱀장어의 후각 앞에서 개의 후각은 깜냥도 되지 않는다. 상어는 1대 10조의 비율로 희석된 피 냄새를 인지한다. 뱀장어로 말하자면 대한민국 면적의 호수에 미량의 향수를 떨구어도 감지가 가능하다. 그러나 이들 후각도 나방 앞에서는 감히 명함을 내밀지 못한다.

닥터 시그니처.

이자의 후각은 대체 어느 클래스에 속하는 걸까?

다시 한번 아찔해지는 알프레도였다.

그렇다고 해도 그의 생각만은 접히지 않았다. 알프레도가 원하는 건 강토의 방문이 아니었다. 그에게 200여 년 된 향수 자랑이나 하려는 게 아니었다.

'흐음……'

찻잔을 치우며 장뇌 향을 맡았다. 콧속의 냄새를 지우며 본론으로 직행이었다.

"닥터 시그니처."

제자리로 돌아온 알프레도의 목소리는 다시 정중했다.

"예."

"정리하자면 오늘 쾌거는 진심으로 축하합니다. 당신의 미래는 기대감 그 자체예요."

"감사합니다."

"그런데 솔직히 말하자면 나는 당신의 삼나무 병 안에 든 향수가 필요합니다. 세계의 향을 수집하고 연구하는 사람으로서 말이에요."

당위성을 철벽처럼 깔아 놓는다. 강토는 담담하게 경청을 했다.

"내가 수집한 이 향수도 대단하지만 그 향수를 보게 되니 함께 연구하지 않을 수 없군요. 그러니 당신이 필요한 향료와 교환을 요청합니다. 정식으로."

"교환이라고요?"

"보다시피 내 연구소에는 진귀한 향료들이 가득합니다. 피렌체 아이리스를 능가하는 아이리스부터 지상에서 최고로 우수한 용연향까지. 내 용연향은 합성이 아니라 최상의 진품이라죠."

그가 두 향료 병의 뚜껑을 열었다. 아이리스와 용연향이 진동을 한다. 평범한 조향사라면 갖고 싶은 욕망에 눈이 뒤집혔을 일이었다.

"당신이 천재적인 기재를 갖췄다지만 이런 향료는 구경하지 못했을 겁니다. 롤스로이스의 향을 보니 평범한 향료로 조향을 했던데 이렇게 유니크한 향료까지 갖춘다면 당신은……."

알프레도가 뒷말을 흘렸다. 여운으로 던지는 유혹이 달콤했다.

"용연향… 좋네요."

강토가 미소 지었다.

"당연하죠. 지보단과 피미니시, 심라이즈 등도 탐내는 거라오. 이거 한 병이면 시그니처 몇백 병은 만들 수 있죠."

"하지만 제게도 용연향이 있습니다."

"당신도? 그건 합성이겠죠? 아니면 B급이거나."

"한번 감상해 보시겠습니까?"

강토가 용연향 작은 병을 꺼내 놓았다. 뚜껑을 열고 블로터를 적셔 주자…….

"……!"

이번에는 알프레도가 벼락처럼 휘청거렸다.

"이것?"

"합성 향입니까? 아니면 B급?"

"……"

알프레도는 대답하지 못했다. 기가 죽은 것이다. 강토의 용연향은 절대 후각 생물들의 비교와 같았다. 자신의 것이 인간의 후각이라면 이 용연향은 적어도 시궁쥐나 상어의 그것이었다.

"대체……?"

"지구에는 아직도 고래가 많이 남았고… 용연향은 동물 학대하고도 상관이 없으니까요."

"미치겠군. 그런데 당신은 왜 롤스로이스의 의뢰에 이걸 쓰지 않았습니까? 이걸 썼다면 심사 위원들을 한 방에 보내고 말았을 것 같은데?"

"롤스로이스 생각도 해야 하지 않을까요? 그들은 이 수준의 용연향을 구할 수 없을 테니까요."

"……"

"……"

"그렇다면 특별한 분자는 어떻습니까? 예를 들면 켈론 말입니다. 이 향료는 표백된 꽃 냄새가 나다가 사향 냄새로 귀결이 됩니다. 그것도 아니면 이 주 전에 합성한 새 황화디메틸은? 질 좋은 트러플 향을 내는데 기존의 것은 고작 아홉 개의 원자로 이루어져 휘발성이 강했지만 내가 중심 원자인 황의 배치를 바꾸는 방법으로 원자의 수를 늘려 휘발 속도를 낮췄습니다. 이거라면 굉장한 아이템으로 사용할 수 있을 겁니다."

"흥미롭군요."

"그렇죠. 이건 당신에게 득이 되는 거래입니다."

알프레도는 여전히 필사적이었다.

"매력적인 제안, 감사하지만 저는 제 향수를 인도할 생각이 없습니다."

"닥터 시그니처."

"말씀하시죠."

"그렇다면 나랑 내기를 합시다. 승자가 두 향수를 모두 가지기로. 당신도 이 향수에 욕심이 나는 것 아닙니까?"

"그건 사실입니다. 그게 아니라면 여기까지 따라올 이유도 없었을 테니까요."

"그러니까 내기를 합시다. 서로의 운을 걸고."

"어떻게 말이죠?"

"서로의 향수를 바꿔서 만드는 거죠. 나는 당신의 향수를 카피하고 당신은 내 향수를 카피하고."

"……."

"그만하면 합리적 아닙니까?"

"당신이 이 향수를 카피하겠다고요?"

"그보다 더한 향수도 카피해 봤습니다."

"그렇겠죠. 이 향수를 만나기 전에는요."

"무슨 뜻이죠?"

"이 향수는 천국의 향수입니다. 한 번 더 생각하시는 게 좋아요."

"그건 내가 할 말입니다."

알프레도는 강토의 충고를 귀담아듣지 않았다.

"수락하죠."

강토가 콜을 받았다. 이 즈음부터 분위기는 이미 강토에게 넘어와 있었다. 그의 연구소지만 알프레도는 상황을 리드하지 못했다. 강토는 점점 여유로워졌고, 알프레도는 그 반대편으로 내달렸다.

치잇.

삼나무 병의 향수를 블로터에 뿌려 주었다.

"저는 됐습니다."

그가 블랑쉬의 향수를 뿌리려 하자 강토가 막았다. 강토의 후각에는 이미 저장이 된 후였다. 그러니 괜한 낭비를 할 필요는 없었다.

삼나무 향수병과 알프레도의 향수병이 한자리에 놓였다.

승자 독식.

둘만의 겨루기가 시작되었다.

알프레도는 거침이 없었다. 그는 향 창조자에 앞서 조향사였다. 좋은 조향사가 아니었다면 향 창조에 나설 리도 없었다. 말하자면 그는 조향사 위의 조향사였다. 그렇기에 조향이라는 틀을 넘어 향을 창조하는 길로 들어선 것이다.

강토는 서두르지 않았다. 필요한 향료를 가져다 놓고 잠시 생각을 가다듬었다.

플로럴.

우디.

그린.

스파이시.

조향법의 기준이다.

플로럴.

오리엔탈.

시프레.

시트러스.

양치류.

이건 냄새를 분류하는 기준이었다.

블랑쉬의 시대에도 기준은 있었다. 이 기준들은 아직까지 남아 견습 조향사가 되면 바이블처럼 내려오는 40여 개의 향수 원형에 익숙해져야 했다. 이 원형들이 좋은 향수의 기준이 되기 때문이다.

그러나 블랑쉬에게는 소용없는 일이었다.

본능과 자연, 그 둘이 합체를 이루며 냄새와 냄새가 어울리는 순간을 직관으로 포착했으니 몸짓이 곧 조향법이자 기준이었다.

그렇게 만든 향을 다시 만났다. 그러나 이 향에는 사실, 삼나무 향처럼 간절함이 담겨 있지 않았다. 그것은 이 향수가 루틴으로 만들어졌다는 방증이기도 했다. 알랑의 욕망을 위해 기계적으로 어코드를 맞춘 것이다. 달리 말하면, 그래도 이런 클래스였다. 알프레도를 한 방에 매료시켜 버리는⋯⋯.

블랑쉬의 조향 콘셉트 분석은 끝났다.

그런 마음으로 조향에 들어갔다.

진심은 내려놓고 기계적인 향료 블렌딩⋯⋯.

샌들우드와 시더우드, 자작나무와 발삼, 그리고 수지. 톱노트라 바닐라와 네롤리 향료를 떨구는 것으로 블렌딩을 마감했다.

알프레도가 힐금 곁눈길을 준다. 이마를 보니 식은땀이 맺혔다. 강토는 알고 있다. 그는 삼나무 병의 향수를 과소평가했다. 너무 오래되어 농익은 향수. 세심하게 분석하지 않으면 잔향을 간과하기 쉬웠다. 그렇게 되면 원하던 향이 나오지 않는다.

천국의 향.

이 향수에는 블랑쉬 당대에 쓰던 모든 노트의 정수가 망라되어 있다. 거기에 방점으로 찍힌 블랑쉬의 염원. 그것 하나만 해도 알프레도는 카피할 수 없었다.

한 시간이 흘렀다.

창밖으로 별빛이 아른거렸다.

문득.

블랑쉬의 작업실이 궁금해졌다. 그를 만난 때도 밤이기 때문이었다.

순간, 기세등등하던 알프레도의 체취가 풀썩 꺼지는 게 느껴졌다. 돌아보니 그는 어깨를 떨고 있었다. 손에 들린 블로터가 팔랑, 길을 잃고 떨어진다.

재현 실패.

삐삐삐…….

만렙을 앞에 두고 실패한 미션의 느낌이 저랬을까?

저벅.

그가 강토 앞으로 걸어왔다. 강토가 비커에 넣었던 블로터를 건네주었다. 충분히 맡으라고 세 장이었다. 손가락에 끼울 것도 없이 스윽 향을 음미한다.

후우.

굉장히 깊은 한숨이 나왔다.

블랑쉬의 향수를 두고 걸었던 대결은 강토의 승이었다. 냄새는 속일 수 없다. 강토가 구현한 향수는 알프레도가 처음 맡고 환호하던 그것과 거의 똑같았다. 숙성이라는 요소만 제외하면.

"미친 싱크로율이군요. 당신은 아마도 전생에 이 향수를 만들었던 사람인 것 같습니다. 그렇지 않고서야……."

알프레도는 한숨과 함께 두 향수를 강토 품에 안겨 주었다.

제7장

—

푸제아 로얄I

"알랑 클레멘트… 굉장히 어렵게 발견한 명품이었는데……."

알프레도의 표정에 아쉬움이 가득했다.

"박사님."

향수를 받아 든 강토가 입을 열었다.

"……?"

"죄송하지만 이 향수를 만든 조향사는 알랑 클레멘트가 아닙니다."

"아니라고요? 그럼 누구란 말이오?"

"블랑쉬 로베르."

"블랑쉬 로베르? 그럴 리가?"

"다른 건 몰라도 그것만은 확실합니다. 알랑에 대해 아신다면 그의 향수가 두 세대로 나뉘어지는 걸 알 수 있을 겁니다. 초기에는 평범하지만 어느 순간 신의 어코드를 이루는……"

"그거야 가능한 일이 아닙니까? 인간에게는 발전이라는 게 있으니까요."

"발전과 다릅니다. 알랑의 경우에는 거의 기적에 가까운 점프니까요."

"점프?"

"조향의 역사에서 알랑처럼 한순간에 클래스가 바뀐 사람이 있습니까?"

"무슨 근거로 그런 주장을 하는 겁니까? 증빙 자료가 있습니까?"

"이게 증빙의 하나입니다."

강토가 삼나무 향수병을 가리켰다.

"닥터 시그니처?"

"박사님이 발견한 것과 이 향수가 같은 포뮬러라고 하셨죠?"

"그거야……"

"의심의 여지가 없죠?"

"……"

"그런데 어째서, 박사님이 수집한 향수는 알랑 클레멘트의 시그니처가 있고 이 향수에는 블랑쉬 로베르의 시그니처가 조각되었을까요?"

"그야……."

"아시겠지만 당시에는 장인으로서의 조향사가 있고 그 아래에 조수로 불리는 도제가 있었습니다. 그러니까 알랑은 블랑쉬를 수하에 들인 겁니다. 자기보다 실력이 뛰어난, 신의 어코드를 이룬 향수쯤부터요."

"블랑쉬……? 닥터 시그니처의 주장대로라면 이후에 블랑쉬라는 명인이 나와야 하는 것 아닙니까? 그런 실력이라면 바로 두각을 나타냈을 테니까요."

"사정이 있을 수도 있죠."

"사정?"

"박사님."

"말씀하세요."

"혹시 그라스의 조향 역사에 대해서도 수집을 하시나요?"

"물론이죠. 그라스뿐만 아니라 이집트와 이탈리아, 심지어는 중국과 러시아까지도……."

"그렇다면 200여 년 전의 그라스 장갑이나 향수 제조 조합원들의 리스트를 보신 적이 있나요?"

"물론이오, 하지만 일부였소."

"혹시라도 알랑 클레멘트가 소속된 조합 명부가 나오면 살펴봐 주세요. 그가 블랑쉬 로베르라는 도제를 데리고 있는지 없는지."

"닥터 시그니처······."

"그게 나오면 제 말이 입증되는 겁니다. 블랑쉬의 실력은 이 향수로 입증이 되지만 그가 만든 향수는 다 알랑의 이름으로 나간 거죠. 그것은 곧 알랑의 향수가 일취월장을 이루는 때부터는 다 알랑이 아니라 블랑쉬가 만들었다는 뜻입니다."

"······?"

"더 완벽하려면 알랑의 초기 향수가 나와야겠죠. 초기의 그는 다른 시그니처를 썼을 겁니다. 그걸 찾아 포퓰러를 보면 알게 될 겁니다. 그건 박사님이 발견한 향수와는 비교의 클래스가 아닐 테니까요."

"으음."

"혹시라도 그런 자료를 찾게 되면 제게 연락을 부탁드립니다."

"당신도 알랑 클레멘트 연구를 하고 있는 거요?"

"네, 하지만 정확히 말하면 알랑 클레멘트가 아니라 블랑쉬 로베르입니다."

강토가 잘라 말했다.

"만약 그런 자료를 손에 넣어 당신에게 넘겨주면 나는 어떤 대가를 받습니까? 지금 그 두 향수를 넘겨줄 수 있나요?"

"미안하지만 그건 곤란합니다."

"그렇다면 나는 애쓸 메리트가 없잖소?"

"다른 걸 드리죠. 당신이 원하는 어떤 향수라도······."

"어떤 향수 말이오?"

"예를 들면 농부르 띠미드? 뭐든 원형만 있으면, 혹은 흔적만 있어도 그 향수를 재현할 수 있습니다."

"푸제아 로얄이나 카이피도 말이오?"

"예."

"가능하오?"

"예."

"신께 맹세할 수 있소?"

"예."

"그렇다면 푸제아 로얄을 준비해 두시오. 그럼 어떻게든 그런 자료를 찾아 연락을 드릴 테니. 당신 향수가 내 마음에 들면 교환합시다."

"약속드리죠."

강토가 답했다. 주저도 없었다.

강토가 떠나자 알프레도는 블로터를 집어 들었다. 그가 발견한 향수를 뿌린 것과 강토의 삼나무 병에서 나온 향이었다.

"……"

다시 맡아도 기막힌 어코드였다. 향료의 영혼까지 체크하고 만든 것 같은 향수. 그가 발견한 향수만으로도 아뜩했는데 강토의 것은 의식까지 흔들릴 지경이었다.

—알랑 클레멘트?

—블랑쉬 로베르?

두 이름이 알프레도의 뇌리 속에 어지럽게 뒤섞였다.

'푸제아 로얄을 재현해 준다?'

강토의 주장은 묘한 여운을 남겼다.

능력을 보니 마냥 부정할 수도 없었다.

두 개의 블로터를 따로, 소중하게 밀봉했다. 알프레도를 환호하게 하던 향수는 떠났지만 또 다른 향 하나를 건진 것이다.

미치도록 속이 아팠지만 그렇게 위로를 했다.

그런 다음 친분이 깊은 수집상들에게 전화를 걸기 시작했다.

"알프레도요, 2세기 전의 그라스 장갑 조합, 향수 제조 조합원 명부 말이오, 도제들 명부까지 기록된 게 나오면 나에게 보내세요. 후사해 드리죠."

*　　　*　　　*

블랑쉬의 작업장이 있던 곳. 강토가 탄 택시는 그 인근에 멈췄다. 공터는 아직 그대로였다.

아니.

그대로는 아니었다.

겨울이 지나고 봄이 오면서 여기도 들꽃이 발아하고 있었다. 믿기지 않게 아이리스 새싹도 있었다.

누가 심은 걸까?

어쩌면 블랑쉬의 혼이 떠도는 아이리스들을 불러 모은 걸까?

알프레도와의 일.

난데없는 일이었다.

그러나 최상이었다.

블랑쉬.

나 왔어.

어둠에 대고 속삭였다.

다시 이 자리를 찾았고, 블랑쉬의 향수 하나도 얻었다. 그것은 곧 블랑쉬를 두 번째 만나는 느낌이었다. 어쩌면 블랑쉬가 만든 드라마 같았다. 그렇지 않고서야 어떻게, 블랑쉬의 향수를 가지고 있는 사람을 이렇게 만났을까?

그러니까 블랑쉬가.

그때처럼.

강토를 불러오던 그 5월처럼.

오래 예비한 만남처럼 느껴졌다.

그럼 좋지.

강토가 웃었다.

그 미소에 실바람이 스쳐 갔다. 블랑쉬의 향취가 느껴진다. 오랜 시간 이곳에 배어 있었을 블랑쉬의 체취. 그걸 못 느낄 강토가 아니었다.

어둠에 대고 이름을 불렀다.

블랑쉬.

나 돌아왔어.

네 뜻대로 보여 주고 있어.

누가 이 세상 향수의 지배자인지.

오늘 유럽에 찍은 발자국은 점점 커져 갈 거야.

이건 그 시작이야.

롤스로이스에서 받은 계약서를 꺼내 놓았다.

"……?"

잠깐이지만 계약서에서 블랑쉬의 향취가 묻어 나왔다. 그
의 혼이 내렸다 간 걸까? 넋을 놓고 있을 때 핸드폰에 불이 들
어왔다.

'아차, 스타니슬라스 박사님.'

정신이 돌아오며 전화를 받았다. 그런데 번호의 주인이 달
랐다.

—닥터 시그니처.

목소리의 주인공은 일본의 츠바사였다.

"어, 선생님?"

일본은 첫새벽일 시간, 그럼에도 그의 목소리는 아주 밝았
다.

—축하하네?

"네?"

─롤스로이스 신모델 향수 말이야. 방금 일어났더니 로베르토 박사님 문자가 들어와 있지 뭔가? 이 소식을 들으려고 일찍 깬 모양이야.

"감사합니다. 니가타는 어떠세요?"

─이제 다 복구되었네. 우리 해안가의 집들도 수리가 끝났고.

"모모카는요?"

─당연히 안녕하지. 아직 깊은 꿈속에 있겠지만.

"다행이네요."

─닥터 시그니처 덕분이지. 우리 마을 사람들이 벼르고 있네. 언제든 다시 오기만 하면 마을의 귀빈으로 모시겠다고. 내가 비하인드 스토리를 다 까발렸거든.

"귀빈까지는……."

─아니면? 그날 서둘러 피신하지 않았더라면 수십 명이 참상을 만날 뻔했어.

"……."

─그나저나 대박이군. 만장일치였다면서?

"심사 위원들이 제 향을 좋게 봐 준 모양입니다."

─겸손하지 않으셔도 되네. 로베르토 박사님께서 이메일도 보내 주셔서 자세히 읽었네. 심사 위원들 면면이 기가 막히더군. 내가 출품했더라면 레이먼드에게 일방적으로 밀렸을 거야.

"그럴 리가요."

―나도 레이먼드처럼 고가의 향료 중심으로 갔을 텐데 그렇게 되면 유럽 조향사들의 느낌을 따라갈 수 있나? 아시겠지만 조향의 법칙은 죄다 유럽에서 왔네. 같은 계열의 향이라면 그들이 만든 것이 더 안정되고 깊다는 평가를 받게 되어 있어. 그게 싫어서 일본적인 향으로 나갔다면 또 이질감 때문에 좋은 점수를 못 받았겠지. 다섯 심사 위원이 전부 유럽과 미국 출신의 명사들이었다니 말하면 뭐 하겠나?

"……?"

그러고 보니 그랬다. 강토는 간과했지만 그들은 모두 미국과 유럽 사람들이었다. 명성과 분야는 다양했지만 동양에 대한 배려는 없었던 것이다.

―그래, 지금 어딘가? 좋은 사람들과 축하 파티라도 하고 있으면 좋으련만.

"그라스로 왔습니다. 심사를 맡았던 알프레도 박사님 연구소에 들렀는데 곧 스타니슬라스 박사님 댁으로 갈 것 같습니다."

―아쉽군. 나도 축하주 한잔 따르고 싶은데 말이야. 나중에 기회를 주시게나.

"영광이죠."

―그럼 다시 한번 축하하네. 동시에 롤스로이스 차량 향수가 너무 궁금하기도…….

"첫 출시되는 차량들 향수는 제가 만들어야 하니 한 병 보내 드리겠습니다."

─그 약속은 잊지 마시게.

츠바사의 전화가 끊겼다.

잊지 않고 전화를 해 주니 고마웠다.

덕분에 스타니슬라스가 떠오른 강토, 그 번호를 찾아 살포시 연결을 했다.

*   *   *

택시가 멈췄다.

스타니슬라스가 알려 준 주소였다. 밤이라 선명하지 않지만 파란 창틀이 달린 흰색 주택이었다. 그의 집은 강토도 처음이었다.

스타니슬라스의 첫인사는 허그였다. 강토를 품고 오랫동안 놓지 않았다. 그의 푸근한 마음이 강토에게 오래 건너왔다.

"내 아내 엘리자일세."

그가 아내를 소개했다.

"안녕하세요?"

강토와 그녀가 동시에 인사를 했다.

"들어가요."

그녀가 강토 등을 밀었다.

식사는 후원에 마련되어 있었다. 보안등 아래 작은 정원이 드러났다. 거기에 야외 테이블을 차린 것이다. 연어 타르타르를 시작으로 라임에 절인 도미 카파치오, 사과 타르트, 딸기 바질 수프, 피낭시에, 치즈에 더해 빵 종류인 깜빠뉴 등이 그득했다.

무엇보다 냄새가 좋았다. 모두가 방금 요리한 게 틀림없었다.

반전도 있었다.

"이이가 닥터 시그니처 대접한다고 직접 요리했어요."

아내의 말이었다. 그래서 그런지 모든 메뉴에는 허브 향들이 고루 포진했다. 그렇잖아도 제대로 된 식사를 못 했던 강토, 후각에 이어 시각과 미각까지 유혹을 받았다.

"코리아의 속담에 금강산도 식후경이라는 게 있더군. 일단 먹어 볼까?"

스타니슬라스가 와인 병을 들었다.

"76년산 리우섹일세. 닥터 시그니처의 쾌거를 축하하기엔 부족하지만 아쉬운 대로……."

꼴꼴.

와인 소리가 정겹다. 리우섹은 달콤한 여름 풍경의 냄새가 났다. 한 모금을 마시자 몸 안의 세포가 따뜻해졌다.

"향이 어떠신가?"

"여름 바다가 생각나네요. 최고입니다."

"그럴 걸세. 76년산 리우섹은 달콤한 여름 풍경을 상징하니, 훌쩍 고양된 자네의 기분과 잘 매칭될 수 있는 친구지."

"요리도 기막히네요."

"오랜만에 주방에 간 거라 맛은 보장 못 하네. 조향사라는 직업이 그렇지 않나? 뭔가 떠오르면 거기 매달려 밤을 새우기 일쑤잖나?"

"예……."

"아무튼 오늘 이 시간이 닥터 시그니처의 영감에 한 자락 기여라도 하길 바라네."

"와인을 마실 때 그런 생각이 들더군요. 지중해의 파란 바다, 그도 아니면 휴가를 떠날 때 머리에 그리는 툭 터진 바다와 뜨거운 모래… 그런 풍경을 향수에 담아 보고 싶습니다."

"자네라면 바다 자체도 담아낼지 모르지."

"과찬이십니다."

"아닐세. 자네를 처음 보았던 여기 그라스… 그때 그 장미 농원 기억하나?"

"예."

"그때 굉장한 감성 충격을 받았다네. 신묘함이라는 꽃에서 피어나는 명민함이랄까?"

"……."

"그리고 교육장에서 다시 만났지. 그때 나는 다시 확인했네. 닥터 시그너처의 명민함. 내 예감은 그때 비로소 불타올랐지."

"저도 기억하고 있습니다. 박사님의 조향 오르간… 정말 미칠 듯한 감동이었거든요."

"오르간이 대수인가? 나는 내 오르간보다 그 자리에 섰던 자네가 더 감동이었네."

"박사님……."

잠시 숨을 고른 스타니슬라스, 결국 참았던 입을 열고 말았다.

"혀가 근질거려 더는 못 참겠군. 새로운 작품이 있으면 보여 주시게나? 롤스로이스에서 심사 위원들을 홀린 그 향수도."

*   *   *

"그 말씀 왜 안 하시나 했습니다."

강토가 향수를 꺼내 놓았다.

"일단 롤스로이스의 신모델용 향수입니다."

치잇.

블로터를 적셔 스타니슬라스와 그의 아내에게 건네주었다.

"와우."

"어머."

부부의 탄성이 동시에 나왔다.

"굉장히 부드럽고 우아하군. 이렇게 고급진 레더는 처음인데?"

스타니슬라스는 가죽나물의 매력을 금세 알아차렸다.

"코리아의 참죽나무에서 얻은 식물성입니다. 향이 매력적이죠."

"참죽나무?"

스타니슬라스는 바로 검색에 들어간다. 중국의 것과 한국의 참죽나무 이미지가 나왔다.

"이놈이로군?"

"예."

"우디는? 샌들우드나 시더우드도 아닌데 그보다 매력적이지 않나?"

"비자 나무 열매와 마분지 향료를 믹싱해서 사용했습니다."

"마분지라고?"

"예."

"푸하하핫."

스타니슬라스가 웃었다.

"맙소사. 당신, 들었소? 롤스로이스 신차 모델에 마분지 향을 썼다지 않아요? 이런 발상은 닥터 시그니처가 아니면 할 수 없어요. 나라면 100% 샌들우드 쪽이었을 테니."

스타니슬라스가 아내를 돌아보았다. 그녀도 조향에 조예가
깊은 눈치였다.

"향수 때문인지 갑자기 롤스로이스가 타 보고 싶어지네요."

아내가 말했다.

"까짓것 신모델 나오면 하나 삽시다."

스타니슬라스가 장단을 맞춘다. 둘이 잘 통하는 부부였다.

"그리고……."

강토의 향수 시연회가 본격적으로 시작되었다. 미니어처를
여러 개 꺼낸 것이다. 아기 향부터 좀비 향까지 망라되었다.

치잇.

향이 뿌려지면.

"오오……."

스타니슬라스가 황홀감에 몸을 떨고.

치잇.

블로터가 젖으면.

"어머나……."

그의 아내가 감동으로 몸서리를 쳤다.

그리고.

마지막으로 꺼낸 것은 알프레도에게서 구해 온 그 향수였
다.

스슷.

블로터에 뿌려 스타니슬라스에게 주었다.

"……?"

그의 오감이 단숨에 얼어붙는다.

어떻게 보면 단순한 플로럴. 그러나 이 향수는 결코 단순하지 않았다. 플로랄 속에 세상의 모든 향을 거느린 것이다.

"닥터 시그니처."

몽환에서 깨어난 스타니슬라스가 강토를 바라보았다.

"네, 박사님."

"이 향은… 전체적으로 바래지 않았나? 1—2년 전에 만든 게 아닌 것 같은데?"

"그럼 얼마나 되었을까요?"

"적어도 50년, 아니, 그 이상……?"

시간을 짚어 나가던 스타니슬라스, 감전이라도 된 듯 동공이 흔들렸다.

"알프레도 박사님에게 얻어 온 향수입니다."

"알프레도? 그가 자기 물건을 내주었단 말인가?"

"예."

"기꺼이?"

"그건 아니었죠. 약간의 과정을 거쳤습니다."

"약간이 아니었겠군?"

"뭐, 솔직히 말씀드리면……."

"그렇다면 이 향수, 닥터 시그니처의 것이 아니라는 얘긴데 정말이지 구분하기 어려운 포뮬러로군."

"이 향수를 시향 하셨을 때도 그러셨죠?"

강토가 삼나무 병을 들어 보였다. 스타니슬라스의 오르간 앞에서 시향 시켜 주었던 그 향수였다.

"그러고 보니 세 개가 되었군. 자네가 가지고 있는 것, 내가 가지고 있는 것, 그리고 알프레도에게서 구해 온 것."

"네."

"알랑 클레멘트… 숨겨진 천재라더니 과연……."

"박사님."

"응?"

"알프레도 박사님께도 말씀드렸지만 이 향수들은 알랑의 것이 아닙니다."

"아니라고? 여기 알랑의 시그니처가 있지 않나? 내 것에는 없지만……."

"제 것에는 블랑쉬라는 시그니처가 있죠."

강토의 설명이 시작되었다. 알프레도에게 한 설명과 같았다.

"그러니까 알랑의 히트 작품부터는 블랑쉬의 작품이다? 그 이전 것들은 알랑의 것이고?"

"예."

"하긴, 자네가 가지고 있는 향수병… 거기에는 블랑쉬라는 사인이 있는 데다 그 향수가 다른 향수를 압도하고 있으니 일리는 있네만……."

"알프레도 박사님께서 희귀 향수와 자료 수집 네트워크를 가지고 있는 것 같아서 따로 부탁을 해 두었습니다. 알랑의 초기 향수나 당시의 향수 제조 조합원 명부에 블랑쉬라는 이름이 등재된 게 있으면 구해 달라고요."

"그가 수락을 하던가?"

"옵션을 걸더군요."

"어떤?"

"푸제아 로얄 복제본요. 제가 박사님을 믿고 약속을 했습니다."

"나?"

"박사님 조향실에 푸제아 로얄의 시향지가 있었지 않습니까?"

"저런, 그건 오염이 되었네만."

"네?"

"기억할지 모르겠지만 자네와 내가 만났던 공개 교육장 말이야, 당시 기수 중에서 최고로 꼽히던 이탈리아의 아미스가 심라이즈에 스카우트되어 찾아왔지 뭔가? 이런저런 이야기를 하다가 그 시향지를 보여 주었는데 그걸 주정이 담긴 비커에 떨구는 바람에……."

"……."

"시한 약속이라도 한 건가?"

"그렇지는 않습니다만."

"그렇다면 방법이 있네. 코리아로 언제 돌아가시나?"

"모레 오후 비행기편입니다."

"그럼 내일까지는 그라스에서 쉬시고 모레 나하고 같이 파리로 가세나. 베르사이유의 오스모테끄."

"진품 푸제아 로얄이 있는 곳 말입니까?"

"그래. 생라자르역에서 그리 멀지 않다네. 내가 모셔다 드리지."

"하지만 오스모테끄는 아무나 들어갈 수 없다고 들었는데요?"

"당연히 그렇지. 하지만 자네는 이제 '아무나'가 아닐세."

"박사님은 그렇게 말씀하시지만 저는 여전히 동양의 신예일 뿐입니다."

"내가 거들어 주겠네. ISIPCA의 교장을 좀 알거든. 내가 말하는 향수를 만들어 선보여 주면 허락이 나올 걸세. 그도 아니면 내가 금잔화 테러라도 하는 수밖에."

"정말입니까?"

"당연하지. 자네라면 푸제아 로얄을 볼 자격이 있네. 미래를 책임질 조향사인데 과거의 유산을 못 본다는 게 말이 되나."

"감사합니다."

"자, 이제 향수 구경도 했고 하니 이야기꽃이나 피워 보세. 그런 다음 내일 오전에는 금잔화 농원에 들르고 오후에는 우리 교육장에 좀 와 주시게나. 교육생들에게 천재 조향사의 면

모를 보여 주고 싶네."

스타니슬라스가 웃었다.

부부의 어깨 너머로 금잔화 향이 끼쳐 왔다. 농장은 멀지 않은 것 같았다. 그 빈 여백들 사이로는 그라스의 별빛이 반짝거린다.

처음에는 한 편의 충격이자 몽환이었던 그라스.

이번에는 여유 있게 즐길 생각이었다.

                    *   *   *

금잔화 농장은 금빛 물결이었다. 왜 아닐까? 금잔화의 영어 이름은 메리 골드였다. 금꽃을 깔아 놓은 것처럼 보였다. 그런 생각을 주는 건 교육생들 때문이기도 했다. 금잔화 수확 실습을 나온 교육생 10여 명은 생기가 넘쳤다. 꽃의 생기와 교육생들의 생기가 합치니 또 하나의 풍경이 되었다.

"코리아를 대표하는 조향사 닥터 시그니처입니다."

스타니슬라스가 강토를 소개했다.

짝짝.

향긋한 박수가 터져 나왔다. 그들 손에 꽃 향이 묻었기 때문이었다.

"닥터 시그니처?"

스타니슬라스가 금잔화 바다를 가리켰다. 그날처럼 향기가 기막힌 꽃 하나를 골라 달라는 요청이었다. 물론 교육생들에게도 실력을 발휘할 기회를 주었다.

"가자."

교육생들의 투지가 불타오른다. 보아하니 스타니슬라스가 포상을 건 모양이다. 강토는 움직이지 않았다. 오직 후각으로 구석구석을 탐색한다. 괜찮은 향이 하나 잡혔다. 후각망울 끝을 찌르는 듯 진한 향이었다. 하지만 늦었다. 은발이 여학생이 그 꽃을 발견한 것이다.

탐지의 방향을 바꾼다. 그리고 그 냄새를 따라 움직였다. 이 금잔화는 듬성듬성 핀 곳에 있었다. 성큼 걸어가 꽃을 따 냈다. 조금 전의 것보다도 더 강한 향이었다.

"······?"

가까운 곳의 교육생 고개가 살포시 기울었다. 냄새로 확인하는 것은 기본이다. 더구나 금잔화가 지천인 농장이었다. 그럼에도 바로 따 버린 강토. 하지만 그녀의 의문은 기우일 뿐이었다.

"우왓."

강토가 골라 온 금잔화 향을 맡은 교육생들, 너 나 할 것 없이 소스라쳤다. 그 꽃의 향은 그들이 따 온 금잔화에 비해 3배 이상 강했다.

"어떻습니까? 같은 농장이지만 이렇게 선별하면 더 좋은 금잔화 향수를 만들 수 있죠. 조향사에게 있어 좋은 재료를 고르는 능력은 또 하나의 축복입니다."

산 교육을 선보인 스타니슬라스. 강토와 함께 꽃 채취에 나
섰다. 교육생들도 팔을 걷어붙인다. 체험의 의미도 있지만 실
습의 의미도 있는 시간이었다. 한 시간 정도 채취 봉사를 하
고 실험에 필요한 양을 딴다. 강토는 이미 설명을 들은 사안
이었다.

"여러분."

장소가 아스포 교육장으로 바뀌었다. 스타니슬라스가 실습
을 진행하고 있었다. 오늘의 과제는 지난번과 같았다. 열린 교
육장으로 관광객들에게 개방되었고, 그들의 향수 친화성을 돕
기 위해 즉석 향수를 만들어 제공하는 시간이었다.

"오늘은 특별히 닥터 시그니처께서 실습에 동참합니다. 여
러분 중에 누구든 닥터 시그니처에게 필적하는 향수를 만드
는 사람에게는 제 조향 오르간 1일 사용권에 이번 실습의 최
고 점수를 부여하겠습니다."

스타니슬라스가 딜을 걸었다.

「닥터 시그니처」

강토가 강조되지만 사실, 이 교육생들은 강토를 잘 몰랐
다. 게다가 강토의 나이는 그리 많지 않았다. 금잔화를 골라
낼 때 후각 능력은 확인했지만 그래 봤자 동양인. 다들 향수
의 신동으로 불리던 교육생들이었으니 무시하는 눈빛도 있었
다.

향 추출은 단순한 증류법으로 진행되었다. 비커에 꽃잎 세 컵을 넣고 끓이는 것이다. 그런 다음에 식혀서 물을 따라 내고 꽃잎을 으깨 바닐라에센스를 떨군다. 여기서 끝낼 수도 있지만 한두 가지 향료를 더 쓸 수 있다.

보글보글.

금잔화가 끓기 시작했다. 냄새를 맡은 관광객들이 몰려들었다. 유리 너머로 시선을 던지는 사람은 30여 명에 가까웠다. 이런 광경은 다시 보아도 부러웠다. 귀국하면 강토도 해 보고 싶었다. 인사동 골목 입구나 홍대 앞, 혹은 연트럴 파크나 강남역 앞… 꼽아 보니 장소는 너무나 많았다.

어느 정도 끓자 불을 껐다. 교육생들보다 빨랐다. 하지만 잠시 쉬었다가 다시 붙였다. 그런 다음 낮은 불꽃으로 향을 우려냈다.

교육생들의 분위기는 자유로웠다. 대학 실습실처럼 교수를 의식하지도 않는다. 그렇기에 어떤 교육생은 벌써 바닐라에센스를 첨가했다. 자유 실습답게 천차만별이었다.

강토의 선택은 벤조인 레진이었다. 이것도 바닐라 향료다. 그러나 순도가 가장 낮은 것으로 골랐다. 마무리 선택은 삼박 재스민이었다. 교육생들은 최상급의 순수 바닐라를 골랐고 마무리 향료는 제비꽃부터 장미까지 다양하게 선택을 했다.

향수가 나왔다.

복잡한 블렌딩이 아니었으니 조금 늦은 사람도 바로 마감이 되었다.

향을 묻힌 블로터는 강토를 포함해 11개가 준비되었다. 스타니슬라스는, 그답게 관광객들에게 심사를 맡겼다.

강토의 블로터는 맨 끝에 놓였다. 시향에 나선 관광객들은 다양한 금잔화 향수에 환호를 했다.

"어쩜."

"이게 금잔화구나."

"세상에나."

"갖고 싶어."

감상은 다양했다. 하지만 그들 모두 강토의 블로터를 시향하고는 말을 잃어버렸다. 시선이 흐트러지고 입술이 떨렸다.

"어느 향이 가장 마음에 드시나요?"

스타니슬라스가 묻자 관광객들은 일제히 강토의 블로터를 가리켰다. 다른 걸 가리킨 사람은 두 명에 불과했다.

"……?"

교육생들이 소스라쳤다. 그중에는 강토처럼 삼박 재스민을 넣으면서 최고의 벤조인 레진을 쓴 교육생도 있었다. 허접한 원료를 택한 강토 것이 더 좋다니 이해가 가지 않았다.

"닥터 시그니처, 아무래도 내 교육생들이 설명이 필요한 모양이네."

스타니슬라스가 웃었다.

"바닐라……."

강토가 등급이 낮은 바닐라 향료를 들고 앞으로 나섰다.

"솔직히 너무 다용되어 진부하죠. 하지만 최상의 바닐라라면 이야기가 달라집니다. 그런데 재미나게도 순도가 낮은 바닐라라도 향이 진하면 그 이상의 작용을 할 수 있습니다. 이미 겔랑이 증명한 일이기도 하죠. 극과 극은 통한다, 그런 것이 아닐까 싶습니다."

교육생들이 강토의 향수로 몰려들었다. 차례를 두고 시향에 나선다.

금잔화에 삼박 재스민, 그리고 살짝 오염된 저급한 바닐라.

그럼에도 이 향수는 고급진 포퓰러의 향수처럼 풍성하고 달콤했다.

그들은 그제야 강토를 다시 보았다. 스타니슬라스가 왜 강토를 내세운 건지도.

"수고 좀 해 주시겠나?"

교육생들의 향수 심사는 강토에게 맡겨졌다.

강토의 선택은 복숭아 향료를 추가한 교육생의 향수였다. 다소 자극적인 금잔화 향료다. 보통의 꽃이 아메리카노라면 금잔화는 에스프레소라고 할 수 있다. 복숭아 향료를 택했다는 것은 금잔화 향을 제대로 해석했다는 뜻이었다.

"와아."

그녀가 좋아했다. 그때나 지금이나 스타니슬라스의 조향 오르간은 인기 만점인 모양이었다.

수업이 끝난 후에 스타니슬라스의 조향실에서 새로운 향료 구경을 했다. 분자 벼룩시장에서 들여온 것들이었다. 이런 것들은 은퇴한 화학자들에게서 나오는 것이 많다. 시중에서는 돈을 주고도 구하지 못한다. 사례를 하려 했지만 스타니슬라스가 사양을 했다. 미래의 조향에 대한 투자라니 할 말이 없었다.

처음에는 존경과 동경의 대상이었던 스타니슬라스.

그러나 이번에는 강토를 동등한 조향사로 대해 주었다.

"자, 그럼 이제 푸제아 로얄의 문을 열어 줄 키를 만들어 볼까?"

스타니슬라스가 향수 하나를 내밀었다.

"……?"

향을 맡는 순간 강토가 긴장에 휩싸였다. 1922년에 투탕카멘의 무덤에서 나온 이집트 신비 향의 끝판왕. 스타니슬라스를 처음 만났을 때 그가 복제한 작품으로 만났던 그 향수.

"카이피일세. 나는 ISIPCA 교장의 인정을 못 받았지만 자네가 만들면 다를 테지. 분명 푸제아 로얄이 들어 있는 오스모테끄의 문을 활짝 열어 줄 거야."

스타니슬라스의 목소리가 복제 카이피 향수와 함께 몽환처럼 가물거렸다.

*   *   *

농부르 띠미드.

그 향수가 스쳐 갔다.

돌아보면 그 향수야말로 강토를 부각시킨 첫 번째 향수였다. 농부르 띠미드는 손윤희라는 스타와, 그녀의 희귀병이 맞물리며 하나의 스토리를 만들어 냈다.

그러나.

다시 돌아보면 그건 어려운 복제가 아니었다. 포뮬러가 없다지만 손윤희의 향수병 속에 흔적이 남았기 때문이었다.

카이피는 달랐다.

큰 그림이 되는 포뮬러는 나왔다. 하지만 진짜 포뮬러는 아니었다. 플르타르코스가 기록한 카이피 제조법은 현대의 포뮬러처럼 친절하지 않았다.

창포, 향초, 송진, 카시아, 페퍼민트, 주니퍼, 미모사, 헤나, 건포도, 꿀, 테레빈유, 와인……

이렇게 22가지의 원료가 나오지만 추상적이었다. 예를 들면 헤나와 건포도를 며칠 동안 꿀, 테레빈유와 함께 와인에 재우는 것 등이 그랬다.

며칠일까?

와인은 어떤 와인일까?

로마에서 전하는 장미 향료 갑 제조법도 비슷했다. 장미와 인디언 나르드, 몰약, 코스투스와 아이리스 등의 재료가 나오지만 제조법은 뭉뚱그려 소개하고 있다.

하긴.

이해해야만 했다.

카이피는 만들어진 지 무려 3,000년이 경과한 향 연고였다. 30년이 아니고 3,000년이었다. 조향사의 시각에서 보면 천하무적의 향이었다. 3,000년 후까지 지속력이 있는 향수. 그건 강토조차도 장담할 수 없는 일이었다.

"어떤가?"

스타니슬라스가 강토 의향을 물었다.

"박사님."

"말했잖나? 자네라면 내가 만든 카이피 따위는 킥해 버릴 거라고."

"……."

"물론 결정은 자네 몫일세. 향수라는 게 강권으로 될 일은 아니니까."

"……."

"향료는 다 갖춰져 있네."

스타니슬라스가 오르간을 가리켰다.

"해 보긴 하겠지만 숙성이 문제로군요. 혹시 액티베이터도 가지고 계십니까?"

"위스키 속성 숙성용 액티베이터?"

"예."

"있지만 그런 건 문제없네. ISIPCA 교장 프랜지 정도면 어코드만 보고도 향수의 클래스를 판단할 수 있으니까."

"그럼 시작해야겠군요."

"콜?"

"네."

"미안하네. 좀 더 쉬운 방법을 제안하지 못해서."

"아닙니다. 이런 기회라도 있는 게 어딥니까? 게다가 박사님이 향료까지 빌려주신다니."

"나야 밑지는 일이 아니지. 자네가 카이피를 만들면 최소한, 시향은 할 수 있지 않겠나?"

스타니슬라스가 웃었다.

"박사님의 작품도 같이 빌려주시죠."

"그건 왜? 프랜지 눈에 들지 못한 졸작인데?"

"제 기억에는 훌륭한 어코드였거든요. 감상한 후에 뛰어넘을 자신이 없으면 다른 길을 찾아봐야죠."

강토가 답했다.

어깨를 으쓱해 보인 스타니슬라스가 향수를 가져왔다.

"그럼 나는 나가 있겠네. 필요한 게 있으면 뭐든 말하시게나."

강토 어깨를 토닥여 준 스타니슬라스가 문을 향해 돌아섰다.

딸깍.

문소리와 함께 강토의 공간이 폐쇄되었다.

흐음.

시향지 없이 향수의 향을 맡았다. 뚜껑을 따라 향 분자가 솔솔 새어 나온다. 향은 그때보다 깊어졌다. 스타니슬라스의 어코드에 문제가 없다는 뜻이었다. 만약 문제가 있었다면 향수의 향은 조금씩 나빠졌을 일이었다.

향은 분명 수준급이었다. 그 자신을 만족시키지 못했다면 버려졌을 일. 그런 수준이지만 프랜지 교장의 눈에는 들지 않았다.

ISIPCA는 화장품과 향수, 식품 향료를 망라하는 학교다. 프랑스 최초다. 니꼴라이와 프란시스 커크잔 등의 대형 조향사가 이 학교 출신이다.

교장에 대해 검색을 했다.

그를 분석하려는 것은 아니었다. 생각을 정리하는 것이다.

프랜지는 조향사보다는 향수 기획자에 가까웠다. 파리와 뉴욕에서 성스러운 파우더리 향수를 빅 히트 시킨 전력도 있었다. 이후 약 15년의 전성기를 누리다 ISICPA의 교장으로 자리를 옮겼다.

다시 스타니슬라스의 향수를 시향 한다.

제법에 나오는 향료는 다 들어갔다. 스타니슬라스가 심혈을 기울이는 작업이니 빠뜨렸을 일도 없었다. 그래도 향 분자를 하나하나 다시 체크한다.

창포에 향초, 송진이 느껴진다.

카시아는 계피다. 계피는 두 가지가 있는데 그중 하나였다. 강토 시선이 창포로 돌아간다.

창포는 아이리스다.

'네가 왜 여기서 나와?'

흘러간 유행어가 떠오른다.

그러고 보니 당연히 아이리스가 나올 자리였다. 카이피는 불안을 달래고 생생한 꿈을 꾸게 하는 향으로 알려져 있다. 사제들이 주로 만들었다. 그때는 사제들이 조향사였다. 그렇다면 생생한 꿈은 무엇일까? 사제들이 생생하게 꾸고 싶은 꿈의 대상은 '그분'이 분명했다.

다시 아이리스로 돌아온다.

아이리스는 신들의 정령으로 불린다. 이 하나의 키워드로 접근이 쉬워졌다. 카이피의 특징에 한 발 다가선 것이다. 오르간에는 여러 아이리스가 있었으니 피렌체 아이리스를 골랐다.

스타니슬라스의 향수를 뜯어 본다.

어코드와 안정성에는 문제가 없다. 아니, 지나칠 정도로 교과서적(的)이었다. 그러다 보니 신비감이 떨어졌다. 신과 인간을 연결하는 코드가 약한 것이다.

그 코드는 당연히 아이리스다. 아이리스는 신과 사제 사이에 무지개 다리를 놓아야 한다. 그렇기에 카이피의 제조법에

창포, 즉 아이리스가 먼저 나오는 것이다. 그런데 그 다리가 약했다.

알코올을 비커에 부었다.

오직 직관에 따라 향을 섞어 본다.

처음에는 기록에 따랐다. 아이리스를 1번으로 넣고 향초를 2번으로 넣는다. 다음은 거꾸로였다. 아이리스가 맨 마지막에 들어갔다. 마지막은 멋대로 블렌딩이었다. 향의 느낌을 살리며 랜덤으로 넣었다.

시향을 해 본다.

미세하지만 큰 차이는 없었다. 향료의 순서를 바꾸는 것으로는 해결할 수 없었다.

'카이피……'

오르간에서 일어섰다. 걸음을 옮겨 벽에 가득한 향료 앞으로 걸어간다. 거기 기대 조향실 전체를 바라본다. 조향실에는 온갖 향의 분자가 남았다. 일반인이 들어온다면 비터 아몬드를 시작으로 달달한 마카롱과 새콤한 오렌지까지 느낄 수 있다.

개중에는 플랫한 것도 있고 헤비한 것도 있으며 드라이하거나 크리미한 것도 있다. 이 모든 향의 분자들은 스타니슬라스 조향 작업의 역사이자 부산물이었다.

배경을 고대로 옮겨 본다.

그때 카이피를 만드는 곳에는 어떤 냄새들이 있었을까?

그 빈 곳에 이론이 채워지기 시작한다. 사제들이 보인다. 신성한 마음으로 원료를 갈아 낸다. 그것들로 향을 만들고 연고를 만든다. 당연히, 향 분자가 지천이다. 향 분자는 카이피 것만이 아니다. 그때의 사제들은 카이피만 만들지 않았다.

아침에 눈을 뜨면 제단의 향로에 향을 피운다. 동이 틀 무렵이면 고무수지를 태워 정갈하게 하루를 맞는다. 정오가 되면 몰약으로 바꾼다. 그러다 해가 질 무렵이면 카이피 향을 피웠다.

카이피 타임은 여기부터다.

카이피는 밤의 향이다. 하루를 차분하게 정리하고 꿈의 세계로 인도하는 안내자. 그게 바로 카이피였다.

'고무수지와 몰약……'

몇 가지 단서를 잡았다.

다음은 사제들이었다.

그들은 향을 바르거나 뿌렸다. 팔에는 민트를 뿌리고 마음을 바르게 하기 위해 포도나무 잎에서 추출한 향을 사용했다. 여기서 건포도를 담가 만든 와인의 단서를 잡았다. 마음의 정화와 연결되는 것이다.

「몰약」

강토의 직관이 몰약에서 멈췄다. 수지와 포도나무 잎은 크게 중요하지 않았다. 수지 향을 내는 원료들이 있고 포도나무 역시 건포도로 커버가 되기 때문.

하지만 몰약은 달랐다.

성서의 성유 만드는 법에도 몰약이 나온다. 카이피에 직접 들어가지는 않았다지만 주변 공기 중에 가득하다. 매 정오마다 피워 대기 때문이었다.

오르간에서 천연 몰약을 찾았다. 몰약은 고무수지로 만든다. 아라비아와 소코트라에서 나온다. 스타니슬라스에게는 그 두 종류가 다 있었다. 강토의 선택은 아라비아산이었다.

스스슷.

몰약 향을 뿌렸다. 심하다 싶을 정도로 많이 뿌렸다. 그런 다음 몰약이 자연스럽게 퍼지기를 기다렸다. 농도를 맞추는 것이다.

강토가 원하는 농도는 그 시대 정오의 몰약이었다. 완전히 똑같을 필요는 없었다. 왜냐하면 프랜지 역시 그 시대의 사람이 아니기 때문이었다. 그럼에도 간과하지 못하는 것은 카이피에 미치는 영향 때문이었다. 직접 첨가되는 향이 아니라 배경에 떠돌다 섞여 들어가는 농도. 강토의 직관은 그걸 계산하고 있었다.

좋았어.

어느 정도 농도가 균등해지자 스케치에 돌입했다.

건포도와 꿀, 테레빈유를 첨가한 와인이 시작이었다. 송진과 카시아를 넣고 향초와 주니퍼, 민트 등을 풀었다. 마지막은 미모사와 아이리스였다.

아이리스.

그 화룡점정을 찍고는 한참을 방치했다. 향이 안정되기를 기다리는 것이다.

'쓰읍.'

괜찮았지만 만족스럽지 않았다. 불안감이 가시는 것도, 신성한 느낌도 그저 보통이었다.

그래도.

스타니슬라스의 향보다는 나았다.

하지만.

강토는 지금 스타니슬라스와 겨루는 게 아니었다. 그렇기에 이 스케치를 밀어 두고 두 번째 시도로 들어갔다.

몰약의 농도를 높였다. 그 시대의 몰약은 일 년 365일에 더해 수십 년을 두고 축적된 농도였다. 어쩌면 연고를 만드는 용기와 사제들의 손에도 배어 있을 수 있었다.

두 배의 농도를 뿌렸다. 동시에 비커와 피펫 등에도 미량의 몰약을 분사했다.

'어디 보자.'

다시 한번 스케치에 돌입했다. 손길이 빨라진다. 향이 나오기 무섭게 시향지를 적셔 코로 가져왔다.

아까보다 더 나았다. 그래도 만족스럽지는 않았다.

다시 한번 배경을 짚어 본다.

그 배경처럼 향을 뿌리고 수지를 태웠다. 몰약 역시 다시 동원되었고 테스트로 만들어진 카이피도 함께 뿌렸다.

머리를 식히기 위해 밖으로 나왔다.

그라스는 어둠 속에 있었다. 꽃 대신 조명들이 피어났다. 그래도 꽃 냄새가 더 또렷했다. 금작화와 오렌지였다. 그들 사이에 숲의 내음이 따라온다.

숲.

블랑쉬가 살았던 그 과거에는 저 숲이 어땠을까? 지금보다는 민가 쪽으로 더 바짝 밀고 내려왔을 것이다. 그렇다면 숲의 향기도 더 진했겠지.

"……?"

잠깐의 상상이 머릿속에 불을 켜 주었다.

그라스다.

그러나 그때의 그라스는 아니었다.

만약 블랑쉬가 회귀라도 한다면 그가 느끼는 그라스의 공기는 오염에 가까울지도 모른다. 마찬가지로 카이피의 재료들도 변했다. 만드는 장소도 변했다.

수도원을 생각한다. 낡은 벽돌과 참나무 벽, 그리고 단풍나무 가구들… 양피지에 쓴 책도 있다. 그 어느 한때 유럽의 귀족들은 목욕을 하지 않았다. 대신 향수를 뿌리거나 향 연고를 발랐다.

사제들도 그랬다.

카이피의 용도 역시 마찬가지였다.

「연고」

카이피는 애당초 연고 상태로 발견되었다. 강토는 지금 그걸 향수로 옮기고 있었다. 그러다 보니 하나가 생략되었다. 바로 밀랍이었다.

밀랍…….

이 단어가 강토의 영감에 길을 밝혔다.

다시 조향 오르간 앞에 앉았다. 스케치하던 향을 전부 밀어 놓았다. 그런 다음 다른 재료를 몇 개 준비했다. 밀랍과 버터, 그리고 무취한 오일이었다.

오일 베이스의 고급 향수?

…가 아니었다.

핫플레이트의 온도를 세팅하고 비커를 올린다. 밀랍 등을 넣고 차분하게 녹였다. 용액이 식기를 기다린 후에 향료를 투입했다. 유리막대로 저은 다음 용기에 붓는다.

이번에는 향수가 아니라 연고가 나왔다.

"……!"

냄새를 맡은 강토 입가에 미소가 번져 갔다. 아까 만들던 테스트 향수와 향을 비교한다. 분위기가 '완전' 달라졌다. 향이 또렷, 푸근, 생생해진 것이다.

'연고…….'

바로 이거였다. 향수로 향을 복제하기는 했지만 제조 공정이 달랐다. 그렇기에 후각의 만족도가 떨어졌던 것이다.

길을 보았으니 주저할 게 없었다.

배경이 되는 향을 피웠다.

수도원처럼, 향과 고무수지, 몰약, 카이피를 태운 것이다. 그 냄새의 분자들 사이에 재료로 쓸 밀랍과 버터, 오일을 방치했다.

어느 정도 냄새 분자가 배자 최종 작업에 돌입했다.

완성품 연고가 나왔다.

"박사님."

강토가 조향실 문을 열었다.

"끝나셨나?"

향수 자료를 보던 그가 물었다. 강토에게 방해가 될까 봐 어떤 체크도 하지 않던 그였다.

"예."

"떨리는데?"

그가 손을 비비며 일어섰다.

안으로 들어온 그가 집은 건 향수의 비커였다. 강토가 설명할 사이도 없이 세라믹 블로터를 담갔다 뺀다.

"흐음."

가볍게 주변 공기를 들이마시며 시향에 나선다.

진지.

주변 공기들조차 그 표정을 닮아 갔다.

"과연……."

그의 감탄이 나왔다.

"내 것과는 느낌이 다르군. 마음을 평안하게 하는 데다 어딘가 신비한 듯 숭고한 느낌까지 깊고 안정적이야."

"박사님."

"이 정도면 프랜지 교장도 넘어갈 것 같네만."

"죄송하지만 그분에게 보여 줄 향은 이것입니다."

강토가 연고를 내밀었다.

"연고?"

"카이피의 원형이 연고 아닙니까? 아무래도 향수로는 만족스럽지가 않아서……."

"……!"

연고를 받아 든 스타니슬라스, 본능적으로 코를 들이댔다. 순간, 그는 감전이라도 된 듯 아찔해지는 것을 느꼈다. 두말없이 비커의 향과 비교를 한다. 그런 다음 자기가 만든 카이피 향수를 가져와 또 비교에 돌입했다.

"……?"

스타니슬라스는 한동안 움직이지 않았다. 그러다 깊은 날숨을 쉬더니 자기가 만든 카이피 향수를 쓰레기통에 던져 넣었다. 그가 강토를 향해 연고를 들어 보인다. 햇살처럼 포근한 얼굴이었다.

—해냈군.

그는 말하지 않았지만 그런 말이 가슴을 밀고 들어왔다.

이심전심.

바로 그 순간이었다.

*　　　　*　　　　*

부릉.

아침 식사 후, 스타니슬라스가 운전하는 차를 타고 스멜 콘셉트를 지나갔다. 창 너머로 불어오는 바람에 알프레도의 체취는 거의 들어 있지 않았다. 꽃과 나무를 재배하는 섬이 많다더니 거기로 간 모양이었다.

금작화와 오렌지 농장에 인부들이 몰려든다. 꽃에 섞이니 사람도 꽃으로 보인다. 오후가 되면 오렌지 향수가 쏟아진다는데 그걸 못 보고 가는 건 아쉬웠다.

안녕.

백미러 뒤로 그라스를 보냈다.

첫 목적지는 샹보르 성이었다. 약 500여 년 전에 지어졌다. 레오나르도 다 빈치가 초기 설계에 참여한 것으로도 유명하다. 예정에 없던 곳이지만 파리에 들름으로써 가능해졌다. 이 성은 혁신적이면서도 다양한 기법을 사용했다. 당시로서는 완전히 새로운 양식이었는데 이탈리아의 영향으로 전한다. 그러니까 이 성을 보면 프랑스와 이탈리아의 냄새를 다 맡는 셈이 었다.

성 앞에서 후각을 완전하게 열었다. 십자가 형태의 건축 구조부터 마법의 계단, 격자 조각의 천장과 완벽한 구조의 지붕까지 빠뜨리지 않았다. 그런 다음 디테일로 들어갔다. 구석구석의 냄새를 시작으로 벽과 벽 재료의 냄새, 바닥과 나무의 냄새를 맡는다. 장식물과 그 장식물에 딸린 냄새, 우물과 정원의 나무 등도 마찬가지였다. 건물의 냄새 채집에는 후각보다 더 첨단으로 꼽히는 방법은 없다.

"르네상스 시대의 냄새라……."

강토가 나오자 스타니슬라스가 호감을 보였다.

"박사님 덕분에 옛 성의 냄새를 맡으니 어깨가 좀 가벼워지네요."

"자네라면 재현할 수 있을 걸세."

"최선을 다해 봐야죠."

"우리 와이프가 증명이지, 어젯밤 간만에 꿀잠을 잤다고 하더군."

스타니슬라스가 강토를 돌아보았다.

"네……."

강토가 웃었다. 카이피 때문이다. 향수로 만든 것을 선물로 주었다. 식사와 잠자리를 제공해 준 데 대한 보답이었다.

"실은 나도 그랬네."

"박사님."

"아부하는 거 아닐세. 돌아가신 부모님을 만나는 꿈도 생생하게 꾸었고."

"……."

"그래서 기분이 좋네. 부모님 말일세, 이미 돌아가셨으니 어디서 만날까? 꿈에서나마 만났으니 행운이랄 수밖에."

"굉장히 멋진 생각이네요."

"그분들을 오늘 밤에 또 만날 수 있을까? 그게 자네 덕분이라는 말을 전하지 못했어."

"박사님 덕분이죠. 박사님의 오르간에서 박사님의 향료를 썼지 않습니까?"

"그깟 향료야 돈만 내면 살 수 있는 것 아닌가?"

"향료라고 다 같은 향료가 아니죠. 특히 피렌체 아이리스… 그게 없었으면 애를 먹었을 겁니다."

"아닐세. 내가 만든 카이퍼에도 그걸 넣었었거든."

"그래도 긴장되네요."

"그건 좋은 현상일세. 자네가 인간이라는 증거니까."

'인간……'

"향수는 인간이 만드는 것 아닌가? 신은 향을 창조하고 인간은 향수를 창조한다."

"그 말도 멋지네요."

"내가 장담하는데 프랜지 교장이 뒤집어질 거야. 그러니 편안하게 임하시게."

"애써 보겠습니다. 그런데……."

"왜?"

"혹시 조수 한 명 안 필요하십니까?"

"조수?"

"네."

"추천할 사람이 있는 모양이군?"

"네, 굉장히 독특한 친구입니다."

"조향하려면 자네처럼 독특해야지. 평범하면 향수 판매점이나 향료 상점을 내는 게 좋아."

"이 친구입니다."

강토가 사진을 열어 주었다. 블레이드 러너의 태홍이었다.

"다리가 없군?"

"열정이 두 다리보다 튼튼합니다."

"자네가 거두지 않고?"

"더 넓은 세상을 먼저 보게 해 주고 싶어서요."

"아직 어린 거 같은데 자네가 운을 떼울 정도면 굉장한 재능인가 보군?"

"거칠지만 뛰어난 후각을 가지고 있습니다. 하나를 가르쳐 주면 열을 빨아들이죠. 그라스나 지보단도 좋겠지만 두 다리가 없는 교육생을 받아줄지 몰라서요."

"기왕 쳐들어가는 김에 ISIPCA에 장학생으로 받아 달라고

해 볼까?"

"거긴 화학을 2년 이상 전공한 사람만 받지 않습니까?"

"건너뛸 생각이군?"

"솔직히 지방족 알데히드의 한쪽 끝과 다른 쪽 끝을 구별하는 건 큰 의미가 없지 않습니까? 진짜 큰 조향사를 만들려면 틀 안에서 가두지 않아야 한다고 봅니다만."

"ISIPCA에 대한 비난이군?"

스타니슬라스가 웃었다. 그 역시 조향 학교의 이런 기준에 대해 달가워하지 않았다. 뛰어난 조향사를 키우기 위해 설립된 학교들. 그럼에도 불구하고 상당수의 학교들은 조향의 재능보다 '규격'을 원했다. 그건 곧 미대에 들어갈 때 물감의 화학적 성분에 관한 학위를 가지고 오라는 것과 같았다.

"제 카이퍼가 인정을 받으면 박사님께서 태홍이를 거둬 주시면 좋겠습니다. 이제 곧 고등학교를 마칠 거거든요."

"흐음, 이래저래 오늘 이벤트가 커지는군."

스타니슬라스가 웃었다.

그사이에 그라스가 아주 멀어졌다.

*   *   *

"생라자르역일세. 이제 멀지 않아."

벤츠 택시들이 줄지어 선 도로를 지나며 스타니슬라스가 말했다. 차가 파르크 드 클라니 거리를 지나자 교차로가 나왔다. 그 오른편에 마침내 ISIPCA의 건물이 보였다.

베르사이유의 오스모테끄.

굉장히 작지만 굉장한 설렘을 주었다.

"갈까?"

파킹을 한 스타니슬라스가 물었다.

"네."

대답과 함께 그 뒤를 따랐다.

"닥터 스타니슬라스."

교장실의 프랜지는 굉장히 작고 오동통했다. 그가 두 팔을 벌리고 스타니슬라스를 맞았다. 벽에는 향료와 자료들이 지천이다. 구석의 테이블 재료들을 보니 조향도 한다. 헐렁하게 볼 사람이 아니었다.

"이 동양분은?"

그가 강토를 바라보았다.

"닥터 시그니처. 요즘 핫한 조향사시네. 미리 보는 걸 영광으로 알라고."

"닥터 시그니처?"

"롤스로이스의 신모델 차량 향수 얘기 들었나? 동서양에서 각 1명씩의 조향사를 선정해서 엄정 심사를 했는데 우리 닥터 시그니처의 향이 정식 채택되었다네."

"오."

프랜지의 표정이 달라졌다.

"앞으로 자주 보게 될 거야. 자네 지하실의 컬렉션에 보관될 것은 물론이고."

"닥터 스타니슬라스의 말이니 기대해 보죠."

교장이 악수를 청해 왔다.

"그래서 말인데 우리 닥터 시그니처에게 푸제아 로얄을 감상할 기회를 좀 주시게."

스타니슬라스가 소파에 앉았다.

"박사님 말씀이니 무조건 따라야 하는데 그것만은 교칙상 어렵습니다."

교장이 선을 그었다. 역시 만만치 않았다.

"프랜지."

"잘 아시잖습니까?"

"예외는 없다?"

"죄송합니다."

"그럼 희귀 향수를 기증하면?"

"가능하죠. 단, 그 희귀성이 인증된다면."

"카이피 정도면 되겠나?"

"카이피라… 다시 복제를 하신 겁니까?"

교장이 빙그레 웃었다. 그는 스타니슬라스의 복제품을 시향 한 적이 있었다. 역사적인 향의 재현에 관심이 많은 교장이지만 만족도는 평균 이상에 그쳤을 뿐이었다.

"내가 아니고 우리 닥터 시그니처."

"죄송하지만, 카이피는 너무 추상적이라……?"

교장이 어깨를 으쓱거릴 때 강토가 연고를 꺼내 놓았다.

뚜껑까지 친절하게 열었다.

시향 해 보시게.

스타니슬라스가 눈짓으로 거들었다.

교장은 생각이 없었지만 향이 그의 후각을 건드려 버렸다.

성스러운 파우더리.

교장은 한때 그 향에 미친 적이 있었다. 그런 향수를 기획해 초대박의 전설을 만들기도 했었다. 그때 사용한 향료의 하나가 바로 아이리스였다. 그 아이리스 향이었다.

"……!"

교장의 미간이 미친 듯이 구겨졌다.

떨리는 손으로 연고를 집어 든다. 코로 가져간다. 저기서 눈까지 감는다면 결과는 볼 것도 없었다. 향에 취하지 않는 사람은 눈을 감지 않는다.

눈.

교장의 눈…….

차츰 풀리더니 결국 감아 버렸다.

'빙고.'

강토가 몰래 쾌재를 불렀다. 스타니슬라스가 강토를 돌아본다. 그도 직감을 한 모양이다.

작은 경련이 교장의 팔목을 타고 어깨로 올라간다. 얼굴 근육도 자잘하게 흔들린다.

"하아."

곧이어 깊은 숨이 따라 나온다.

그리고.

교장은 다시 한번 감상 속으로 달려간다.

이제 얼굴의 긴장이 다 풀어진다. 평안과 정화, 모두가 말하는 힐링의 표정이 교장의 얼굴 위에 있었다.

번쩍.

결국 그가 눈을 떴다.

그러나 지향은 창밖이었다. 그렇게 한참을 있더니 겨우 입을 열었다.

"이토록 기막힌 아이리스라니… 하늘로 가는 무지개가 뜬 줄 알았습니다."

강토에게 예의를 갖춘다. 강토의 향수를 인정한다는 뜻이었다.

"그래도 안 된단 말인가?"

스타니슬라스가 쐐기를 박는다.

"고민이군요. 지금까지 복제품을 기증받은 적이 없다 보니……"

"기록이란 깨지라고 있는 것일세. 나에게도 공개한 푸제아 로얄을 닥터 시그니처에게 공개 못 하면 조향의 미래를 말할 자격이 없지."

"그렇겠죠?"

"암."

"알겠습니다. 이 작품을 기증받고 푸제아 로얄을 공개하도록 하겠습니다."

교장 프랜지의 결단이 나왔다.

푸제아 로얄(Fougere Royale).

해석하면 고귀한 양치류가 된다.

사실 이 이름에는 조롱의 의미가 섞여 있었다.

양치류는 고결하지도 않고 냄새도 갖고 있지 않기 때문이었다.

그런 양치류에게 이런 의미를 준 건 합성된 '쿠마린' 분자였다.

쿠마린.

코로나 검사를 받아 본 사람들은 알 것 같다. 창처럼 긴 면봉이 코를 훅 끼치고 들어오는 느낌. 예의라고는 찾아볼 길 없이 무례하다. 그런데 뒷맛이 달달하다. 그런 느낌의 향이 쿠마린이었다.

이걸 포함하고 있는 천연 향은 널리고 널렸다. 하지만 푸제아 로얄에서는 색다르게 쓰였다. 대량으로 투입하여 완전히 새로운 효과를 창출한 것이다.

그림으로 치면 구아슈화에 가까운 사건이었다. 구아슈는 수채화 물감에 고무를 혼합해 불투명한 느낌을 살리는 그림의 기법을 말한다. 이전까지는 없었던 혁신. 그런 이름은 오래 남는 법이다.

강토는 작은 책상에 앉아 있었다.

담당자는 책임자의 전화를 받고 있다.

"따라오세요."

통화가 끝나자 그가 앞서 걸었다.

지하였다.

계단을 지나가 냉장실이 가득한 통로가 나왔다. 알루미늄 병들이 가득했다. 향수들이다. 귀한 향수들 이름이 보인다. 아쉽게도 철두철미하게 밀봉한 것들이라 향을 맡을 수 없었다.

하지만.

다른 향 분자가 날아왔다. 띄엄띄엄한 밀도지만 강토가 놓칠 리 없었다. 푸제아 로얄의 등장이었다. 병은 아주 작았다.

츠츳.

향이 시향지에 분사될 때, 강토는 이미 그 향을 음미하는 중이었다.

이 향수를 만든 회사는 주로 남자용 향수를 만들었다. 대체로 모난 편이지만 태연하기도 하다.

"……"

제일 먼저 느껴진 감정은 주변의 안단테가 메조 피아노를 거쳐 디미뉴엔도로 변한 느낌이었다. 갑자기, 모든 것이 고요해졌다. 그러나 쿠마린 분자만은 그 정적 속에 살아 있었다.

별 다섯 호텔이 떠올랐다. 룸 단장이 끝난 후 바로 문을 열었을 때, 시각과 후각을 동시에 만족시키는 청결함과 상쾌함…….

하지만 또 다른 잔향이 따라붙었다. 사향이었다. 천연으로 보이지만 불결한 느낌도 붙어 있다. 깨끗하게 정리된 호텔 룸, 그런데 하필이면 화장실 문이 열려 있는 풍경…….

첫인상에 조금 더 집중한다. 정확히 말하면 처음은 아니었다. 스타니슬라스의 조향실에서 체험했었다. 하지만 그때는 그냥 스쳐 간 것. 이제는 이 향을 만들어야 했으니 그때와 달랐다.

'쿠마린……'

향 분자에 매달린 냄새들을 하나하나 벗겨 낸다.

스위티하고 타바코한 향이 끼쳐 왔다. 다음으로 스파이시와 허브가 느껴졌다. 건초 냄새도 섞여 있다. 합성향료라 그런지 통카 빈에서 느끼는 쿠마린과는 확실히 느낌이 달랐다. 묘사하기 힘든 이기심, 그런 게 서린 것이다.

'스위티, 타바코, 스파이시, 허브, 건초…….'

쿠마린의 향료 코드를 저장하고 다른 노트를 읽어 갔다.

'라벤더와 오크모스…….'

푸제아 로얄에는 쿠마린 외에도 다른 성분이 많았다. 두 번, 세 번. 알뜰하게 기억한 후에야 비로소 날숨을 쉬었다.

후우.

이제는 진짜 감상이었다. 정밀 분석이 아니라 직관으로 느낀다.

쿠마린…….

너, 참 잘생겼구나.

폴 파르케가 너에게 이런 영광을 안겼구나.

나도 그래야지.

그런 걸 만들어서 세계 최고의 향수 박물관에 영구 소장시켜야지.

저 후대의 조향사들에게 길이 될 수 있는 명작.

이 푸제아 로얄처럼이 아니라.

이 푸제아 로얄을 훌쩍 뛰어넘는 작품으로.

"여기 있습니다."

얼마가 지나자 담당자가 셀로판 슬리브를 건네주었다. 기념으로 간직하라는 뜻이다. 당연했다. 여기까지 와서 푸제아 로얄을 감상한 사람치고 블로터를 버릴 사람은 없을 테니까. 슬리브에 넣으면 몇 달은 문제없다. 상미와 다인, 이린까지도 시향 시킬 수 있는 것이다.

안녕.

수많은 명작들에게 인사를 하고 나왔다.

롤스로이스로 시작된 유럽 출장은 파리에서 끝났다.

『달빛 조향사』 9권에 계속…